JN307760

偶然の祝福

小川洋子

角川文庫
13220

目次

失踪者たちの王国

真夜中過ぎ、寝室兼仕事部屋で小説を書いていると、時折自分がひどく傲慢《ごうまん》で、醜く、滑稽《こっけい》な人間に思えてどうしようもなくなることがある。季節は冬の終わりか春のはじめ頃。机の脇に石油ストーブが出してあるのに、もう火はついていない。窓の向こうは静かでどんな物音も聞こえず、空は闇に満たされている。

その思いは何の前触れもなく、喘息《ぜんそく》発作のように不意にやってくる。締切が迫っているのにいいアイデアが思い浮かばないとか、もう少しで終わりそうなのに行き詰まって立往生しているとか、そんなこととは関係ない。私はいつだって、上手に小説を書くことができないのだから。

何て自分は卑しい愚か者、無教養な見栄っぱり、節操のない浮かれ屋なんだろう。大勢の人々を傷つけ、うんざりさせ、期待を裏切り、取り返しのつかない失敗をしでかした。挙げ句の果てにある人は、慎み深く無言のまま立ち去り、またある人は軽蔑《けいべつ》のまなざしを隠そうともせず、捨て台詞《ぜりふ》を残して二度と姿を見せなかった。

世界中が自分に背を向けている。私を愛してくれる人など誰もいない。私の小説を読んでくれる人など一人もいない……。

私は万年筆を置き、インクが乾いているかどうか確かめてから、原稿をそろえて引き出しに仕舞う。

ベビーベッドからは息子の寝息が聞こえてくる。彼の唯一の友だち、カタツムリの縫いぐるみは枕元で引っ繰り返り、片方の触角が折れ曲がっている。さっき離乳食をやった時こぼれたのか、殻の裏側にかぼちゃのペーストが張り付いている。

アポロは、そう、アポロもやっぱり眠っている。鼻の頭だけをベッドの下に突っ込み、おしりをこちらに向けて丸くなる、彼のいつものやり方で。

私はアポロの背中に掌をのせる。それは柔らかく温かい。彼は何も知らず、尻尾《しっぽ》の先さえ動かさないで眠り続ける。そして息子のだと思っていた寝息が、実はアポロのだということに気づく。

さっきまで私は小説を書いていたはずなのに、もはやどんなお話だったかも思い出せない。万年筆を握っていた指は、アポロの薄茶色の毛に半ば埋もれ、この発作がいつまでも治まらなかったらどうしようと怯《おび》えている。

何年も時間をかけて千枚二千枚と書き継ぐ長編であれ、ほんの数ページの掌編であれ、小説はしばしば私に森のことを思い起こさせる。光が届かないほどに木々が生い茂り、湿った土を踏む自分の足音以外は小鳥のさえずりさえ聞こえない、深い森のことだ。私は寒さに震え、棘《とげ》のある葉や腐った枝や絡み付いてくる蔓《つる》を掻《か》き分けながら、恐る恐る森の奥へと足を踏み入れてゆく。

この茂みさえ通り抜けたら太陽が見えてくるかもしれない、この崖《がけ》さえ一つ越えれば澄んだ湖が広がっているかもしれない。そんなふうに私は自分を慰める。この沼地さえうまくやり過ごせたら……。

と、突然、私は洞穴に落ちる。足元の岩は固く不安定で、天上から冷たい水滴が落ちてくる。あたりは真っ暗で何も見えない。手をのばしても、指先がただ闇に吸い込まれてゆくばかりだ。

こんな時私は、失踪者《しっそうしゃ》たちの王国について考える。

シッソウシャタチノオウコク。自分でも不安が抑えきれずに私はその一言をつぶやいてみる。しかし間違いない。自分が探していたのは小説の続きの言葉だったはずなのに、洞穴の片隅で私は、いつしか王国の気配を追い求めようとしている。

さよならも告げず、未練も残さず、秘密の抜け道をくぐってこちらの世界から消えていった、失踪者たちが住むという王国。誰でもたやすく足を踏み入れられるという訳ではないらしい王国。

きっと、広々した草原が続く光あふれる場所に違いない。誰かが吐き捨てたガムの塊さえ、いい匂いを漂わせる。空は高く、そよ風が吹き抜け、どこまで行っても果てがない。

時折人は抜け道の秘密を探ろうとして躍起になるが、たいていは骨折り損で終わる。秘密を知っているのは王国の住人だけだし、彼らは決して帰ってこないのだから。

もしかしたらこの洞穴が王国への抜け道なのではないかしらと、私は思う。自分はもう一息のところまで来ているのだ。あともう少し注意深く耳を澄ませば、王国の風の音が聞こえてくるはずだ。

†
†

生まれて初めて失踪という言葉の意味を知ったのは、九歳の時だった。教えてくれたのは近所に住む絨毯屋《じゅうたん》の娘だった。

「叔父さんがねえ、タクラマカン砂漠へ小羊の買い付けに行ったきり、帰ってこないの。失踪しちゃったのよ」

彼女の口振りが気取っているうえに、自慢げでもあったので、私は絨毯屋一家に訪れた事態をそう深刻には受け止めなかった。むしろややこしいカタカナの砂漠の名前は、ロマンティックな想像さえ呼び起こした。

「その、何とか砂漠って、どこにあるの?」

私は尋ねた。

「中国のずっとずっと奥、もうすぐそこがアフガニスタンっていうくらいの奥地」

私たちは同い年だったが、彼女は心臓に穴が開く病気を患って、学校には行っていなかった。病院以外ほとんど外出することなく、家に閉じこもりっきりなのに、世の中のことについて驚くほど物知りだった。

難しい言葉を次々繰り出し、「それ、どういう意味?」と私が質問するまで決して余計な説明はせず、しかしひとたびこちらが降参すれば、世話の焼ける人ねという顔で、更に新しい知識を披露するのだった。

「叔父さんは羊を買って、どうするつもりだったの？」

「ばかね。もちろん絨毯にするんじゃない。ただの羊じゃないのよ。高地に住んでいる、しかも子供の羊の胸から脇腹にかけての毛、それでないと駄目。脂を含んで柔らかくて、艶《つや》があるから。うちにあるのは全部、最高級の絨毯なのよ」

「でも、砂漠に羊なんて住んでいるのかしら」

「まず一番に、どうして失踪したのか聞くのが普通じゃない？」

彼女は丸めて壁に立て掛けてある絨毯の裏地を指で弾《はじ》いた。天窓から差し込む細い光の中を、埃《ほこり》が舞い上がった。

自分のした質問のどこが失礼にあたったのか見当がつかないまま、私はどぎまぎと謝った。本当は、〝しっそう〟の意味がよく分からなかったのだ。

そこは店の裏手にある蔵で、絨毯がびっしり保管してあった。毛足の長いの、房飾りがついたの、幾何学模様の、染みがついたの、とにかくあらゆる種類の絨毯が揃《そろ》っていた。天井の隅には蜘蛛《くも》の巣が張り、床は気味の悪い音を立てて軋《きし》み、息が詰まるほどに埃っぽかった。

「お父さんが探しに行ったんだけど、手掛かりは見つからなかったみたい。何せ、タクラマカン砂漠だものね」

彼女はため息をついた。機嫌を損ねないよう、注意深く私もうなずいた。

本当は蔵に入るのは大人たちから禁止されていたのだが、私たちはしばしばそこで密会した。大人たちはひんやりと淀《よど》んだ空気が、心臓によくないと心配したのかもしれない。しかしその薄暗い光の様子は、他のどんな場所よりも彼女に似合っていた。

穴の開いた心臓のせいで彼女の肌はオブラートのように透き通り、不用意に濡《ぬ》れた指で触れると溶けてしまいそうだった。身長は六つくらいの幼児ほどの大きさしかないのに、目元や額や頬骨には老練な様子さえ漂い、そのアンバランスさが身体の隅々に巣くっていた。

けれど何より特別なのは唇だった。そんな難しい言葉を発音できるとは信じられないほどに小さく、つるつるとして、薄い紫色をしていた。その唇が蔵の光の中で動くのを見るのが、私は好きだった。

「叔父さんはいつも上等な毛を仕入れていたわ。小羊を探して世界中を旅していたの。一瞬のうちにいい絨毯になれるかなれないか、見抜けたのよ。羊の胸を一撫《ひとな》でするだけでね。

たくましくて優しい叔父さんだった。もちろん、私だって悲しいわ」

彼女は両手で抱えた膝《ひざ》の上に顎《あご》をのせた。その角度の方がより近くに唇《くちびる》が見えた。

「でもね、あなただけに正直に言うけど、心のどこかではほっとしているの。軽蔑しないでね」

「ええ、もちろん」

唇の角度が動きませんようにと、私は祈った。

「これでもう、気色の悪い薬を飲まなくてすむと思うと、せいせいした気分よ」

心臓にいいと言われる怪しげな薬を、叔父さんが旅先から大量に送ってきているのは私も知っていた。木の実、根、樹皮、茸《きのこ》の類《たぐい》から、蠍《さそり》の油漬け、イルカの睾丸《こうがん》、ヒヒの胎盤まで、さまざまな形態と匂《にお》いを持った薬たちだった。彼女は飲んだ振りだけして、それらをよく蔵の床下に捨てていた。サイの角を煎《せん》じた液は床板のすき間から流し、干涸《ひから》びた海豹《あざらし》の眼球は節穴に押し込めた。

「いなくなる前の日、叔父さんは小羊の毛を十五匹分手に入れて、上機嫌だったそうよ。全部自分でさばいて、血が乾いたらそれを持って帰国するはずだったの。ところが、別の遊牧民のグループで優秀な羊が生まれたっていう情報が入って、欲が出たのね」

彼女は背中を丸めて少し咳《せ》き込んだ。絨毯は獣の匂いがして、私でも長く蔵にいると胸が苦しくなるようだった。けれどそれは、捨てられた薬の匂いだったかもしれない。

「ここにある絨毯は全部、叔父さんが殺した小羊でできているの。叔父さんは毛皮をはぐ名人だった。毛だけを刈るんじゃなく、皮ごとはぐのが叔父さんのやり方なの。その方が毛を瑞々《みずみず》しく保つことができるから。苦痛なんて与えないのよ。羊の方は自分が何をされたのか気づきもしないうちに、丸裸にされてるっていう訳。あれっ、と思った時にはもうあの世なの。額にナイフを振り下ろして、一気に背中を切り裂く。大事な胸と脇腹を傷つけないように注意しながら、でも大胆に、メシッ、メシッとはいでゆくのよ」

薄紫色の唇はよく動いた。太陽が傾いて光の角度も変わってきた。背丈より大きい絨毯の束が、いくつもいくつも重なり合って私たちを閉じ込めていた。

「叔父さんは新しい小羊の毛皮をはぐために、タクラマカン砂漠へ足を踏み入れていったの。地平線目指して、地図も持たず、振り向きもせず、ただナイフだけを腰に突き差して。で、そのまま消えちゃった。小羊たちを置き去りにしてね」

これが私の、失踪者《しっそうしゃ》との最初の出会いだった。

一体世の中には、何人くらい失踪する人がいるのだろう。失踪者を身内に持つ人と友だちになったり、あるいは自分の知り合いが失踪したりするということは、人生にどれくらいの割合で現われるものなのだろう。

もしかしたら自分は、特別に選ばれた人間なのかもしれないと思うことがある。失踪者たちのためにある役割を果たすよう、神様に任じられた人間ではないかと。

振り返ってみれば、いつの時代にも私の隣には失踪者の影があった。ある時は控えめにひっそりと、ある時はこちらを覆い隠すほどの勢いで、私に寄り添っていた。影が消えることは一度もなかった。何かの拍子に遠ざかる瞬間はあっても、ふと気が付けばまた失踪者の手が、私の肩先を撫でているのだった。

絨毯屋の娘の次に出会ったのは、六年生の時席が隣同士だった、肥満児で左利きの少年だった。彼は祖父を失っていた。

おじいさんはある日歯医者に行ったきり、帰ってこなかった。診察台の上に横たわり、入歯を外してそれをサイドテーブルのトレーにのせ、順番が来るのを待っていた。どこにも変わったところはなかったと、歯科医院の人たちは証言した。

予約通りの時間に現われ、受付けの人と二言三言天気の話をし、待合室のソファーで釣りの雑誌を読んだ。普段着にサンダル履きで、どこか遠くへ行くための荷物を抱えている訳でもなかった。

「あっ、ちょっと失礼します」

何か不意に思い出したように、おじいさんは言った。入歯を外していたので発音ははっきりしなかったけれど、決して深刻な様子ではなかったらしい。

首から前掛けを取り、スリッパをパタパタいわせながら診察室を出ていった。それきり二度とおじいさんは姿を現わさなかった。後には入歯だけが残された。

「最新の材料で特別にあつらえた品なんだ」

彼は私に入歯を見せてくれた。それはブロンズの置時計やシャンパングラスや銀製の果物入れと一緒に、応接間のマントルピースの上に飾ってあった。

歯茎はまだ唾液《だえき》で湿っているかのような鮮やかな赤みを帯び、行儀よく並んだ歯は不透明に白く、金属の留め金は光を受けて輝いていた。

もっとよく見えるよう、彼はそれを左手に載せた。肉のたっぷりついた彼の手は、入歯を受け止めるのに丁度いい台座となった。

私はそれが納まっていたはずの、おじいさんの口の中について考えた。おじいさんが迷い込んだのは、そこに広がる薄暗い空洞ではないだろうかという気がした。

中学校の保健室の先生の場合は、婚約者だった。二人でウィーンを旅行中、恋人は突然いなくなってしまった。シュテファン大聖堂の地下にある墓地を見学してホテルへ戻ると、墓地の事務所から電話が掛かってきた。手帳を拾って預かっているから、取りに来いという話だった。

「ちょっと行ってくるよ」

パスポートも持たず恋人は出掛けて行った。それが最後だった。

「あとで荷物を調べたら、手帳はちゃんとあったの。落としてなんかいなかったの。墓地からの電話も、偽物だったわ」

保健室のベッドの枕元で、先生は静かに語ってくれた。ハプスブルク家の棺《ひつぎ》の模様や、ペストで死んだ人々の山積みされた骨や、遠くに響く大聖堂の鐘について、いつまでも語り続けた。熱のある耳に、それは清らかなお伽話《とぎばなし》のように聞こえた。

みんな不意に、理由なくきっぱりと行方《ゆくえ》をくらました。それが失踪者にとって一番大事な条件のようだった。そして残された人々はそっと私のそばに近寄って、耳元で失踪の物語を語り、すべてを言い尽くしてしまうともう心残りはないというふうに、私の感想など聞かないまま遠ざかっていった。

こうして私の耳には、小羊の毛皮や入歯や手帳のように、物語だけが残される。


やがて絨毯屋の娘は穴を塞《ふさ》ぐ手術を受けた。叔父さんの件と関《かか》わりがあるのか、店は休みの日が多くなり、蔵の商品はどこかへ運び出され、いつしかシャッターが下りたままになって看板が外された。一家はもっと暖かい町へ引っ越してゆくことになった。

穴がちゃんと塞《ふさ》がったのかどうかは分からないが、退院してきても彼女のアンバランスな身体付きと唇の色は変わっていなかった。

「怖かった?」

私は尋ねた。

「そうねえ、それほどでもなかったわ」

少し考えてから彼女は答えた。胸がゼーゼー鳴るのも、背中を丸めて咳き込むのも前と同じだった。

絨毯はすべて姿を消し、蔵の中はがらんとしていた。なのにいつもの匂いだけは残っていた。

「いつ出発するの？」

「明日の朝早く、みんながまだ眠っているうちよ」

ほつれた糸屑《いとくず》が塊になって、私たちの足元に絡み付いていた。天窓の明かりは弱々しかったが、彼女の唇を照らすには十分だった。手をのばせばすぐ触れられるほど近くで、その薄紫色は闇から浮かび上がっていた。

「ねえ……」

我慢できずに私は口を開いた。

「傷跡を見せてくれない？」

彼女は驚きもしなかったし、機嫌を損ねもしなかった。ただいつもの、世話の焼ける人ね、という表情を見せただけだった。

パフスリーブの黄色いブラウスのボタンを一つずつ外してゆくと、奥から胸が現われた。あまりにも無防備でみすぼらしい胸だった。規則正しく鎖骨と肋骨《ろっこつ》が浮き出し、引きつれた乳首がそのすき間に埋もれていた。

傷跡は喉《のど》の付け根から、ほとんど彼女を半分に切断する勢いで、真っすぐ下にのびていた。メスの切り裂いた通りに皮膚が赤みを帯びて盛り上がり、暗号のような模様を描き出していた。

暗号を読み解こうとするように、私はそこに指をのせた。そしてタクラマカン砂漠に消えた叔父さんのことを思った。何が起きたか分からないまま天国へ行った、小羊たちのことを思った。もしかしたらこれは、叔父さんが振り下ろしたナイフの跡かもしれない。

いつまでも私は、彼女の胸に指を這《は》わせていた。次の日、彼女はどこか遠い所へ行ってしまった。


とうとう失踪の偶然が自分の身内にまで及んだのは、私が十九の時だった。その頃には既に、失踪の物語は私の中にかなり堆積《たいせき》していたし、流れからいっていずれこういう事態になるだろうということは容易に予測できたので、さほど驚きはしなかった。

生《い》け贄《にえ》は父方の伯母だった。今から考えてみれば、我が一族で彼女ほど失踪にふさわしい人物はいなかったと言えるかもしれない。しかしあくまで、それは事態が発生したのち初めて言えることであって、何らかの兆候があったという意味ではない。彼女は決して掟《おきて》を破りはしなかった。伯母は実に従順で正統的な失踪者となった。

私が物心ついた頃、伯母さんは夫に先立たれ、古びた木造の二階家に一人で暮らしていた。旅館のように部屋数の多い家で、庭も広々していたから、時折弟と一緒に遊びに行ってかくれんぼをするのが楽しみだった。

伯母さんはとても歳《とし》を取っていた。もうすぐ死んでしまうんじゃないだろうかと、心配になるくらいだった。頭は白髪でおかっぱに切り揃え、痩《や》せて身体のあちこちに筋が浮き出し、把手《とって》の象牙《ぞうげ》に梟《ふくろう》が彫刻された杖《つえ》を、いつもついていた。

そのスタイルは失踪するまで変わらなかった。まるでこれ以上はもう、歳を取ることができないかのようだった。

伯母さんがどうやって生計を立てていたのかは、よく分からない。伯父さんが残したものはいくらかあったようだが、長い未亡人生活を支えるのに十分であったとは思えない。実際しばしば伯母さんが、掛軸や壺《つぼ》や銀食器のセットや絵画を持ち出して、お金に替えていたのを私は知っている。

彼女は一度もお金を稼ごうとはしなかった。下宿人を置くとか、庭にアパートを建てるとか、そんな手立ても取らなかった。彼女はただ、物を売って暮らしていた。物だけではない。いつだったか、庭の池の錦鯉《にしきごい》が売られてゆくのに出くわしたことがある。暑い夏の午後だった。私と弟は縁側に腰掛け、おやつの葡萄《ぶどう》ゼリーをご馳走《ちそう》になっていた。その横で伯母さんは団扇《うちわ》をあおぎながら、じっと作業の様子を見つめていた。

運送業者なのか鯉の売買人なのか、揃いの作業服を着た若い男が四、五人、慣れた手つきで次々と鯉を運び出していった。もちろん庭に池があるのは知っていたが、正直なところそんなにもたくさんの、しかも立派な錦鯉が飼われているとは、その時まで気づかなかった。伯母さんが餌《えさ》をやっている姿など見たことがなかったし、水面にドロドロした藻が浮いて半分沼のようになっていたから、私も弟も気味が悪くて近寄らなかったのだ。

彼らは黙々と作業を続けた。ゴム長をはいた男が二人池の中に入り、大きな網で一匹ずつ鯉をすくう。ほとりで構える男がそれを盥《たらい》で受け取り、門まで走る。するとライトバンの荷台に乗った男が、ポリタンクの水槽に鯉を沈める。

「あれはニコラス」

誰に告げるともなく、伯母さんがつぶやいた。

「あれはマシューで、次のはユリアナ」

「名前が付いてるの？」

スプーンを口にくわえたまま弟が言った。ええ、もちろんよ、というふうに伯母さんはうなずいた。

「あの斑点《はんてん》模様はロジャー。尾びれの欠けたのがアンジェラ」

池から網が引き上げられると、鯉は口をパクパクしながら身体をくねらせる。飛び散る水しぶきに日差しが反射して眩《まぶ》しく輝く。網の縁にだらしなくぶら下がる藻にさえ、太陽の光が当たっている。

盥に移ると鯉の動きはますます激しくなり、ひれが盥を打ち付ける音が響き渡る。でもタンクに入れられた途端、あたりはまた静かになる。私は残り少なくなったゼリーを、少しずつスプーンですくってゆく。

「えっと、……ベアトリス……ソフィー……アーサー」

鯉が売られてゆくことを、伯母さんは悲しんではいなかった。ただお別れの挨拶《あいさつ》に代えて、彼らの名前を呼んでいるだけだった。

「どうして外国の名前ばかりなの？」

弟が口を開くと葡萄の匂いがした。

「だって、その方が覚えやすいでしょ」

伯母さんは団扇をあおぐ反対の手で、杖の柄を撫《な》でた。汗で梟の羽が湿っていた。

その時、横顔を見やりながら私は、伯母さんが実はとても美しいことに気づいた。目は皺《しわ》の間に落ち窪《くぼ》み、唇は色褪《いろあ》せ、髪の生え際は白く粉をふいたようになっているけれど、きちんと観察すれば、その下から隠れた美しさが浮き上がってくるのだ。

「全部で何匹ですか?」

こちらに向かって男の一人が叫んだ。

「さあ、よく分からないのよ」

伯母さんは杖の先を左右に振った。

ノースリーブの袖口《そでぐち》から、はっとするほど白い肌がのぞいた。睫毛《まつげ》は長くカールし、黒目がちの瞳《ひとみ》は濡れているように見えた。

男は池の隅々に網を突っ込んでいった。淀んだ水面が波打った。弟はカップの底に残ったゼリーをかき出そうと、スプーンをカチカチ鳴らしていた。

男はなかなかあきらめなかった。まだどこか藻の陰に隠れた鯉がいるはずだという様子で、池の中を歩き回った。さあ、次はどんな名前だろうと、私と弟はおとなしく待っていた。けれどもう鯉は現われなかった。アーサーが最後だった。

ライトバンが出てゆくのを、私たち三人は手を振って見送った。こうして鯉は売られていった。

残された池は本当の沼になってしまい、やがて水分が全部蒸発して、不気味なただの窪みになった。


葬儀やお祝いごとの折、親族が集まる席にはたいてい伯母さんも参加していた。しかし伯母さんが誰かと——私の父を含め——親しげに口をきくのを見たことがない。かと言って険悪な関係だったというわけではなく、みんな彼女を見かければ「ああ、あの伯母さんね」という表情を見せ、微笑と礼儀正しさをもって挨拶をした。ただその後、会話が続かなかった。伯母さんは伏し目がちに杖をいじるだけで、相手方は間を持て余し、「ええ、ええ」とか「まあ、まあ」などと言いながら立ち去ってゆくのだった。

結婚式場の親族控え室で、霊園の墓石の陰で、伯母さんがひっそりとたたずんでいた姿を思い出す。いつもより幾分おかっぱ頭は丁寧にとかれているけれど、着物はくたびれているし、顔は白粉《おしろい》がだまになって余計老けて見える。

彼女はみんなの邪魔にならないすき間を見つけては、そこに身体を滑り込ませ、穏やかな表情は常に崩さず、フランス料理でも精進料理でも、口をすぼめて申し訳なさそうに食べる。誰も話し掛けない。誰も注意を払わない。

「ああ、あの伯母さんね」

で、おしまいである。


しかし何より、伯母さんを強烈に特徴づけていたのは嘔吐袋《おうと》であった。飛行機の座席ポケットなどに備えられている袋のことだ。彼女はそれをコレクションしていた。人生唯一の楽しみだったと言ってもいい。

そんな袋のどこに魅力があるのか、私にはよく理解できなかったが、見事なコレクションであることは間違いなかった。枚数、種類の多さ、分類方法、保存状態、どれをとっても申し分なかった。

「これはね、ミシン目を引っ張るとそれがテープになって、口を縛れるようになっているの。凝った造りでしょ？　こっちはほら、見て。きれいなターコイズブルー。デザインはシンプルだけど、こんな鮮やかな色合いの嘔吐袋はあまりないのよ」

かくれんぼを卒業する年頃になると、私は伯母さんの寝室で過ごすことが多くなった。コレクションは全部そこに保管されていた。

他にいくらでも部屋は空いているのに、彼女はさほど広くもない寝室に、何もかも持ち込んでいた。レコードを聞きながらケーキを食べ、ジュースを飲み、同時に嘔吐袋を鑑賞することもできるのだった。

ほとんどは一枚一枚、透明なクリアファイルに保存されていた。そして手に入れた日にちと簡単な経緯、製造した会社名などを書いたカードが添えてあった。――1972年、女学校時代の友人M子さんより贈られる、スイスエアー――という具合に。

特別気に入ったものは額縁にいれ、壁に飾っていた。コラージュ風に数枚を重ね合わせたり、一枚の表と裏を隣同士並べたり、いろいろと工夫が凝らしてあった。そうした額縁で壁のほとんどは覆われていた。伯母さんの説明によれば、彼女なりの系統立った区分法に従って、厳密に分類されているらしかった。

「どうしてこんなものを集めようっていう気になったの?」

コレクションがあまりにも徹底していたので、私は理由を聞かないではいられなかった。

「それはね……」

そう質問されるのを楽しみに待っていたかのように、伯母さんは口元に含み笑いを浮かべながら答えた。

「ある日、道端で拾ったの。花模様の地にオレンジ色で見慣れないアルファベットが書いてあった。ハイカラで甘酸っぱい匂いがしたわ。なんて可愛らしい袋かしら、と思ったの。最初は嘔吐袋だとは気づかなかったのよ。でもそれがどうしたっていうの？　大した問題じゃないわ」

伯母さんは特別に、その記念すべき第一号をファイルから取り出して見せてくれた。微《かす》かに震える骨っぽい指でそれをつまみ、自分の膝《ひざ》の上にのせた。縁はすり切れ黄ばんでいたが、まだ十分に愛らしさを残していた。

しかし本当に私が興味を覚えたのは、袋そのものではなく、カードに記録された収集の経緯だった。伯母さんが自分で飛行機に乗り、手に入れた袋は一枚もなかった。ほとんどが人から譲り受けるか、拾うかしていた。

画廊のF氏より、ヨーロッパ買い付け旅行のお土産として。……パキスタン航空公報部に依頼の手紙、特別に三枚郵送される。……スチュワーデス専門雑誌の読者欄投書により、カンタス航空Y嬢、手持ち全部譲ってくれる。……成田空港到着ロビー、ごみ箱の中より発見。……私はその短い一行一行を繰り返し読んだ。

収集、保管しておくだけでなく、伯母さんは外出の折、それらを持ち歩いていた。目的地や天候や気分に合わせ、数枚をセレクトし、ハンドバッグにしのばせていた。やはりその理由を尋ねたことがある。収集の理由を尋ねるより愚かな質問だったと、今にして思う。

「もちろん、嘔吐袋として使うためよ。電車やバスの中で気分が悪くなった人に出会ったら、差し上げるの」

と、彼女は答えた。

伯母さんの嘔吐袋が功を奏したことがあったのかどうか、それを尋ねるのは忘れてしまった。


やがて私は伯母さんのために素敵な嘔吐袋をプレゼントしてあげたいと願うようになった。チャンスは十二歳の時訪れた。小学生作文コンクールで優勝し、東京での授賞式に出席するため生まれて初めて飛行機に乗った。

座席につくとまず、前のポケットにちゃんと袋が入っているかどうか確かめた。雲の絵が描いてあるベージュの袋だった。見たことのないデザインだった。私はわくわくした。

離陸してしばらくすると、様子がおかしくなってきた。欠伸《あくび》ばかり出て、喉《のど》が締め付けられ、冷汗がにじんでくるようになった。喜んでくれる伯母さんの顔を思い浮かべながら、私は目の前にある袋を見つめた。

結局、私は伯母さんにプレゼントを持ち帰ることができなかった。それを、使ってしまったのだ。


伯母さんの経済状態はますます悪くなっていったようだ。家の中の物を持ち出す回数がだんだんと多くなった。


ステンドグラスのランプ、ブロンズの彫刻、中国式茶道具一式、毛皮のコート、イギリス製キャビネット、お琴、宝石と宝石箱、客室用のベッド……。

訪ねるたび家の中には必ずどこかに新しい空洞が生じていた。そのがらんとしたスペースは増殖し続け、家全体を覆い尽くすほどの勢いだった。

それと呼応して伯母さんのコレクションはより充実していった。ファイルを収納する引き出しは一杯になり、寝室の床に積み上げられ、じきに歩くスペースを見つけるのが難しくなった。壁にはもう一つの額縁を飾る場所も残っておらず、カーテンレールや洋服ダンスにまで釘《くぎ》が打たれ、どうにかして展示数を増やそうとする苦労が見られた。侵食してくる空洞に対し、嘔吐袋だけがけなげに立ち向かっているかのようだった。

伯母さんと最後に会ったのは、私が大学の二年生に進級する年の春休み、一年振りで帰省した時だった。訪ねると丁度彼女は、骨董品店《こっとうひん》へ花瓶を売りに行くところだった。いや、もしかしたら香水瓶だったかもしれない。とにかく花瓶だか香水瓶だかを抱えた伯母さんと一緒に、電車に乗った。

線路沿いの土手の桜は半分ほど開いていた。背中から日が差し込み、暖かかった。電車はすいていて、私たち以外はみんなうつらうつらしていた。

「あれくらいの時、人さらいに遭ったわ」

伯母さんは言った。私たちの向かいで、小さな女の子がお母さんにもたれてうたた寝していた。

「家族で動物園に行ったのよ。町で初めての動物園が開園した日だったの」

伯母さんは風呂敷《ふろしき》に包んだ荷物を大事そうに膝にのせ、片方の手はいつものように杖を握っていた。風呂敷の結び目からは、嘔吐袋《おうと》が数枚はみ出していた。電車が揺れるたび、杖の先がコツコツ音を立てた。

「うちのパパも一緒だったの？」

私は尋ねた。

「いいえ。あなたのお父さんが生まれるずっと前の話」

女の子はホックのついたエナメルの靴をはき、クリーム色の帽子を被《かぶ》っていた。ジャンパースカートの裾《すそ》から、毛糸のパンツがのぞいて見えた。

「ひどい混雑だった。ヒョウの檻《おり》の前だったと思うわ。ヒョウは興奮し柵《さく》の前を右に左に休みなく動いていたわ。それを見ていたら目が回ってきて、ふらふらして、気が付いたら親とはぐれていたの」

「人さらいって、どんな人だった？」

「覚えていないわ。でも、嫌な感じじゃなかった。大きくてガサガサした手をして、メンソールの匂いがした」

「サーカスにでも売られるところだったのかしら」

「たぶんね。親は驚いて、必死で探したらしいけれど見つけられなかったの。とうとう動物園の出口に立って、子供の顔を一人一人調べたのよ。それで人さらいに抱かれた私を、危機一髪見つけだしたという次第」

伯母さんの掌の脂を吸い込んで、梟《ふくろう》の目は鈍く光っていた。電車が駅に到着し、ドアが開いた。誰も降りなかったし、乗ってこなかった。女の子はむずかって帽子を脱ごうとしたが、すぐにまた眠りに落ちた。

「私はね、三つ編みに垂らしていた髪をばっさり切られて、男の子の着物を着せられていたそうよ。父が詰め寄っても、人さらいは簡単には口を割らなかったの。自分の息子だって言い張ったのよ。でも、襟元に切られた髪がたくさん張り付いていたし、手首の痣《あざ》も合致したから、さすがに人さらいも言い逃れできなくなったのね」

伯母さんは手首の痣を指差して、いかにも人さらいが気の毒だといわんばかりの表情で微笑《ほほえ》んだ。そしてまた、風呂敷包みを慎重に持ち直した。


あの時気づくべきだった。伯母さんは初めて動物園へ行った時、既にあちら側へ片足だけ踏み込んでいたのだ。失踪者《しっそうしゃ》の王国に、愛された人だったのだ。

花瓶だか香水瓶だかは、たいした値段では売れなかった。けれど伯母さんはがっかりした様子も見せず、骨董品店の隣の喫茶店でショートケーキとココアをご馳走《ちそう》してくれた。彼女はケーキをお代わりさえした。

伯母さんが行方不明になったと知らせを受けたのは、私が大学に戻ってしばらくしてからだった。郵便受けにたまった新聞を見て、隣の奥さんが不審に思ったらしい。

父が調べたところによると、伯母さんが最後に会ったのは中年の税理士で、包装紙コレクターだった。マニア雑誌の読者コーナーで知り合った二人は、男のアパートで嘔吐袋の交換をした。金銭のやり取りはなかったし、お互い満足のゆく交換が成立して、和やかに別れました、というのが、税理士の説明だった。

「彼女が持っていたミュンヘンオリンピック期間特別バージョンの袋と、印刷ミスでロゴが逆さまになった、僕のスカンジナビア航空の袋を交換したんです」

結局、アパートを出てからの足取りはつかめなかった。伯母さんはスカンジナビア航空の嘔吐袋を持って、失踪した。

†

私は森の洞穴にうずくまり、羊の血で濡《ぬ》れたナイフのことを思い出す。胸を半分に引き裂く傷跡や、マントルピースに取り残された入歯や、シュテファン大聖堂の墓地について考える。伯母さんの嘔吐袋が、王国で役に立っていればいいけれど、と願う。失踪者たちが語ったさまざまな物語の姿を、一つ一つよみがえらせてゆく。

不思議にも彼らは私を慰めてくれる。王国は遥《はる》か遠いはずなのに、彼らは洞穴に舞い降りてきて、いつまでも辛抱強く、そばに寄り添ってくれる。その吐息を私は頬のあたりに感じることができる。

私は立ち上がり、身体についた泥を払う。引き出しを開け、原稿を取り出し、万年筆のキャップを外す。そして王国のことを思いながら、再び小説を書きはじめる。

盗作

初めて文芸誌に採用された小説、初めて原稿料をもらった小説、あてどないこの世界で、自分だけのためのささやかな居場所を、生まれて初めて与えてくれた私の小説は、盗作だった。

その事実に気づいた時、私は不思議なくらい動揺しなかった。プライドを傷つけられもしなかったし、罪の意識にさいなまれることもなかった。ましてや本物の作者が名乗り出てきて、厄介な騒動を巻き起こしはしないかと、びくびく怯《おび》えたりもしなかった。

むしろ逆に、私を救い出すためにあの小説がどうしても必要だったのだ、どんな慈悲深い人間も高価な宝石もそれに取って代わることはできなかったのだと、確信した。盗作が道徳的に（もしかしたら法律的にも）許されない行為だとしたって、自分の確信の力強さが、そんな罪は一蹴《いっしゅう》してくれる気がした。もしあそこで、降り掛かってきた偶然の神秘に身を任せていなかったら……そう考える方がずっと怖かった。

当時私はかなりひどい状況にあった。最低ぎりぎりのラインに引っ掛かっていたと言ってもいい。

今から振り返ってみれば、最低などという言葉を軽々しく口にするものではないと思うけれど、その時の私は我慢できる限界にまで追い詰められていた。あとほんの少し風の向きがぶれるか、月が傾くかするだけで、二度と戻ってこられないはるかな底まで墜落してしまいそうだった。

まず弟の突然の死が、すべてのはじまりだった。教会のバザーを手伝った帰り道、不良グループの少年たちに殴り殺されたのだ。二十一歳の誕生日の十日後だった。すれ違いざま肩が触れたとか、目付きが気に入らないとか、そんな理由だった。

インターハイにも出場したハンドボールの選手で、突き指だらけのごつごつした手をしていた。大学では美術史を専攻し、大学院への進学を希望して熱心に勉強していた。部屋に閉じこもってマンドリンを弾いているかと思えば、夜行列車に乗って山登りに出掛け、はにかんだ笑顔でみんなを魅了し、私の何倍も両親から愛された。そんな弟が、青黒く腫《は》れ上がった頬で両目が潰《つぶ》れたまま死んでしまった。

葬儀の日、五年振りで帰省してみると、年月のせいか弟の不幸のせいか、父も母もすっかり老けていた。私たちは三人とも息ができないくらいに打ちのめされていた。私たちが何かを共有するなんて珍しいことだった。たとえ死であっても、三人をつなぐ何かが存在していたのは間違いなかった。

これをきっかけに両親と和解できるのではと、私は微《かす》かな望みを抱いた。本当に微かな望みだった。しかしすぐに自分の愚かさを悟ることになった。

「そんなに泣いちゃいけないわ」

母は隣に腰掛け、少女の私にするように、涙で濡《ぬ》れた髪の毛を撫《な》で付けた。

「あの子は神様の許《もと》へ戻って行ったのよ」

もう片方の手には聖書が握られていた。それはほとんど彼女の身体の一部になっていた。表紙は指の形どおりに窪《くぼ》み、綴《と》じ糸が彼女の動きに合わせてゆるんだりぴんと張ったりした。

「神様にお返ししたのよ。ママが少しの間、預かっていたの」

「どうして返さなくちゃならないの。あの子にはもっともっと未来があったはずよ。ママの半分だって生きていないのよ」

私は髪に触れる母の手をつかんで言った。

「神様がお決めになられることです。今はあの子が私たちに与えてくれた喜びに、感謝する時です」

母は答えた。

「嫌よ。感謝なんてしないわ。結局は神様を持ち出して、自分を取り繕っているだけじゃないの。いつでもそう。神様、神様、神様。私は誤魔化されないわ」

話しているうちにだんだん、母の涙は渇いてきた。ただ顔色が悪くなってそう見えただけかもしれない。

「ご会葬のみなさま、お茶の支度が整いましたので、どうぞリビングの方へ……」

父の声が聞こえた。お手伝いさんたちが忙しげに動き回っていた。リビングへ続く扉の陰から、神父さんのガウンの端がのぞいて見えた。

どうしてみんなお茶なんか飲めるのだろう。大事な人が死んだばかりだというのに。私が苦しんでいるのと同じくらい、あるいはそれ以上に悲しんでいる人が、ここに何人いるというのだろう。そう思うといたたまれなかった。

そして、わずかでも和解の希望を持った自分が許せなかった。弟が受けた苦痛に最もふさわしくないものを、私は求めようとしたのだから。

あとはもう一息に何もかもが悪い方へと向かっていった。葬儀から戻ってすぐ、浴室の水道を締め忘れて部屋を水浸しにしてしまい、アパートを追い出された。弟を失った混乱を抱えたなかで、弁償金を払い、新しい部屋を見つけ、引っ越しするのはきつい作業だった。貯金も体力も使い果たした。

少し落ち着いたと思った矢先、同じ大学病院に勤める恋人が、研究室のお金を横領した容疑で逮捕された。恋人は心臓血管外科の研究補助員だった。教授の名前で勝手に銀行口座を開き、製薬会社からの研究費をそこに振り込ませていたのだ。ギャンブルでかなりの借金があったらしい。

そんな疑いを持ったことは一瞬たりともなかった。彼はいつでも猫背で試験管を洗浄し、神経質に白衣の袖口《そでぐち》をいじり、私の耳元できれいだよとささやいてくれた。事件以来、彼は私の前から姿を消してしまった。

二人が付き合っていることは病院で噂《うわさ》になっていたから、あれが金を貢がせた女だと陰口を言われるようになり、私も辞めざるを得なくなった。仕事は庶務課の雑用で、何一つ技能など持っておらず、次の勤め先を探す当てはどこにもなかった。

更に、一年かけて書き直しを繰り返した小説は、結局全部の出版社で不採用になった。断りの文面はどの社も相談し合ったようによく似ていた。『残念ながら貴殿の作品は小誌の編集方針にはいささかそぐわないと思われ、……別のふさわしい雑誌へ送られるのが最善かと思い、誠に失礼ながら……』こんなふうにタイプされた手紙が何通も届いた。もっともそれは特別な出来事ではなく、ずっと昔から続いていることだった。

私の周りで、積もった砂時計の山が少しずつ崩れてゆくようだった。砂の滑るザラザラした音さえ、聞こえてきそうだった。

もちろん横領事件も失業も、弟の死と比べれば取るに足らないエピソードだけれど、弱ってうずくまる私を足蹴《あしげ》にする程度のダメージはあった。その痛みはじわじわと皮膚に侵食し、血管の中で響き合い、やがて弟を失った悲しみに飲み込まれていった。すべての感情の行き着く場所が、そこだった。

弟が私の存在を保つためのこれほどまで大事なピンになっているなんて、思いもしなかった。私が家を出た後も、彼はずっと両親と一緒に暮らしていた。神への祈りに逃げ込むことでしか生きられない母と、別な女性ともう一つの家庭を持つ父に、寄り添っていた。殺された日が教会のバザーだったというのが、余計私を切なくさせる。例えばせめて、ガールフレンドとのデートの帰り道だったら、と思う。

クッキーを焼いたあとの、バニラエッセンスの匂《にお》いが残った教会のキッチン、食用油やタオルやストッキングやあまり可愛くない縫いぐるみや、その他雑多な品々、手書きの値段札、石けんの空き箱に集められるコイン……。そういったものたちが、弟の最後の一日を飾ったのだ。母はお洒落《しゃれ》をし、目の合った人を誰でもおかまいなしに引きとめ、神の愛について語る。その横で弟は一袋五十円のクッキーを売る。

彼は私が見捨てたものを全部引き受け、最後まで放り出さなかった。そうしようと思えば、いつでもできたのに。

いまやピンは外れてしまった。何の前触れもなく、するりと抜け、底無し沼に落下していった。

離れ離れで暮らすようになってから、弟とはほとんど会う機会がなかった。唯一のつながりは私の小説だった。一つ作品が仕上がると、まず一番に弟に送った。それらは小説ともいえない拙《つたな》い言葉の塊でしかなかったが、必ず彼は手紙をくれた。

長い手紙だった。あまりにも分厚すぎて、半分開きかけた封筒さえあった。『やあ姉さん、元気ですか』いつも書き出しは同じだった。

彼の感想は面白かったとか、よく分からないとかいうありきたりのものではなかった。他の誰も持っていない彼独自のスケールで作品を読みほどき、詳しく観察し、作者の私でさえ予想もしなかったような新鮮な解釈を打ち出した。

言葉遣いは論理的でもあり、ロマンティックでもあった。ある一つの章についての考察が、彼の古い記憶と結びつき、行間に隠された言葉の影を浮き立たせ、やがてそこから新たな物語が生まれた。そしてそれは、私の小説などよりずっとすぐれた作品なのだった。自分は弟から送られてくる物語を読みたいために、小説を書いているのではないかと思うこともあった。

弟が死んでから、私はすっかり書けなくなってしまった。仕事を辞め、時間はたっぷりできたはずなのに、原稿用紙を広げても言葉が一字たりとも浮かんでこないのだった。

今まで自分はどこから言葉を探してきていたのだろう。目蓋《まぶた》の裏の暗闇《くらやみ》、昨夜見た夢、遠い日の風景、それとも死者たちの声？　どうにかして思い出そうとするのに、うまくいかない。あたりにはただ、砂漠が広がっているだけだった。

書けないことはますます私を衰弱させた。最後に一口残った水筒の水を、不注意で砂にこぼしてしまったような気分だった。不時着した飛行機の無線は壊れ、身体は骨折だらけで身動きが取れず、食料も水も底を突いている。地平線の向こうに見えるのは蜃気楼《しんきろう》ばかりだ。陽炎《かげろう》の中で弟は、やはりクッキーを売っている。

アパートの部屋に閉じこもり、どこにも出掛けず、布団の中で身体を丸めているだけの生活が数ヵ月続いた。誰とも連絡を取らなかった。最低限のものしか食べなかった。手持ちのお金はどんどん減ってゆき、ゼロになる日も遠くなさそうだった。私が自分でやったことと言えば、白紙の原稿用紙を見つめることと、泣くこと、その程度だった。

あの日、珍しく外出したのは、家賃の支払いの件で大家さんに相談するためだった。いつのまにか外の世界は夏の日差しに照らされていた。私は毛糸のカーディガンを着ているのに気づいたが、脱ぐ気力はなく、汗を流しながら歩いていた。眩《まぶ》しすぎて立ちくらみがし、胸がムカムカした。

花屋の角を曲がり、駅前通りに出た時だった。何かしら気配を感じて振り向こうとした瞬間、弾《はじ》けるような音がし、背中に大きな力がぶつかってきた。身体が宙を飛ぶのが見えた。そんな気がした。擦り切れたカーディガンを羽織り、サンダルを突っ掛けた私の身体が、きれいにしなりながら夏の光の中を飛んで行く。まるで美しい風景に出会ったかのように、私はそれを眺めていた。

全治三ヵ月の重傷だった。パン工場のライトバンは私をはね飛ばし、電信柱にぶつけたあと、花屋のウインドーに突っ込んで横転した。色とりどりの花びらと焼きたてのフランスパンに囲まれて、私は横たわっていたらしい。

ああ、これが留《とど》めの一撃だ——病院で意識を回復した時、私は思った。弟との別れを悲しむあまり、言葉を見つけられない苦悩のあまり、とうとう自分も死んでしまったんだ。

両膝《ひざ》、肋骨《ろっこつ》、顎《あご》、右手首、全部で七本の骨が折れ、頭蓋骨《ずがいこつ》と腰にひびが入り、顔を十二針縫った。ベッドに括《くく》り付けられたまま、身動きできなかった。自由になる身体の部分はほんの少ししか残されていなかった。見舞い客は居眠りをしていたという運転手と、パン工場の常務と、警察官だけだった。文字通り私は、不時着した飛行機に取り残された遭難者だった。

サイドテーブルにはカーディガンが置いてあった。泥と血で汚れ、あちこちほつれて穴が開いていた。そんな惨めな姿には不釣り合いなほど、丁寧に畳まれていた。

子供の頃、父と一緒に映画館で『家なき子』を観たことがある。旅芸人に売られたレミ少年は、猿や犬たちと一緒にフランス中を旅して歩く。途中、雪道で迷ったり、宿に泊まるお金がなかったり、猿が死んだり、いろいろと可哀相な目に遭う。

もう今度こそ駄目だ、と思うたび、必ずどこからか救いの手が差し伸べられる。ある時は天才バイオリン少年の浮浪児が、またある時は河下りを楽しむお金持ちの婦人が（そのうえ彼女はレミの本当のお母さんなのだ）、レミの前に姿をあらわし、安らかな場所へと彼を導く。

スクリーンの上に舞い降りてくる偶然の神秘に、私はうっとり見とれたものだ。畏敬《いけい》の念さえ覚えた。この世を支配する運命のからくりは、なんと慈悲深いのだろう。どんな不幸だって見捨てはしない。いや、よりひどく不幸であればあるほど、輝かしい偶然を用意してくれる。

自分に与えられる偶然とはどんな種類だろう。その想像は私をわくわくさせた。レミが優しくて美しいお母さんと再会したように、小公子セドリックが貴族のおじいさんの跡取りになったように、あるいはジュディ・アボットがハンサムで大金持ちの足長おじさんと結婚したように、ここではないどこかに、私の到着を待つ本当の居場所が隠されているはずだ。そこへたどり着くためだったら、どんな不幸だって我慢しよう。埃《ほこり》っぽくて蒸し暑い映画館の中で、十歳の私はそう決意した。

何度となくストレッチャーに乗せられ、レントゲンを撮られ、手術室に運ばれた。名前も知らない白衣の人たちが入れ代わり立ち代わりあらわれては、私の身体の中を覗《のぞ》き込んだ。彼らは骨を削り、ボルトを埋め込み、さあ、もう少しの辛抱ですよ、と言って私を励ました。

電気ドリルが骨を砕く焦げ臭い匂いをかぎながら、しばしば私は『家なき子』のことを思い出した。身体が滅茶苦茶になってしまったせいで、記憶の引き出しも壊れてしまい、その映画館の一日だけがころころと手元に転がってきたかのようだった。

でもどうして父と二人で映画など観ることになったのか、前後の事情は思い出せない。私たち家族にそんな習慣はなかったはずだ。弟はもう生まれていたけれど、映画館へ行くには小さすぎたから、留守番だったのだろう。母は、たぶん教会の用事があったに違いない。

「大人一枚と子供一枚」

父は無愛想に言った。父のそばには秘書か運転手かお手伝いさんか、誰かが付き従っているのが常だったから、私たちは二人きりでいるのに慣れていなかった。新鮮な気分でもあったし、気恥ずかしくもあった。

父は財布からお金を出すのに手間取って、もたもたしていた。指に挟んだチケットの一枚が、何かの拍子に行列の中へふわふわ飛んでいった。

「あっ、いかん」

父は声を上げ、歩道に落ちたチケットをうずくまって拾った。

「これをなくしたんじゃ、話にならん」

そしてチケットについた砂埃を払い、私の手にきつく握らせた。

何であれ失敗というものを犯す父の姿を見たのは、あれが最初で最後だった。

映画館は空いていたのに、なぜか私たちは後ろの端の方に座った。布張りの椅子は背もたれのところが破れ、中のスポンジがはみ出していた。そのスポンジが、骨の削れる匂いとよく似ていたような気もする。

父はポップコーンを一袋買ってくれた。

「好きなだけ食べていいの？　本当にいいの？」

私は念を押して繰り返し二度尋ねた。

「ああ、いいよ」

父は答えた。

どんなおやつでも、母は弟の分と正確に二等分し、お皿に出しただけしか食べさせてくれなかった。それは必ず、満足するには少なすぎる量だった。

うれしくなって私は、ポップコーンの中に手を突っ込んでかき回した。椅子の下に落ちた数粒を、父に見つからないようそっと拾って食べた。

私が一番不思議だったのは、父が映画を熱心に観たことだった。退屈そうな表情など見せなかったし、まして居眠りもしなかった。レミが育てのお母さんと別れる場面や、雪の中でレミのお師匠さんが死ぬ場面では、感じ入ったようにため息を漏らしさえした。そして時折、私の膝に手をのばしては、自分もポップコーンを頬張った。

心のこもった父の表情は、私をうれしくさせた。可哀相でならないという顔をした父が見たくて、レミが苦境に陥る場面になると、隣に目をやった。

あの時、父にはもう別な女の人がいたのだ。映画館から家に帰ったあと、夕食の席に父の姿はなかった。夜、私はポップコーンの食べ過ぎでお腹をこわした。

痛むお腹を抱えて苦しみながら、私はつぶやいた。輝かしい偶然が登場するのは、今だ。

レミ少年を救ったのと同じ光が、今こそ私にも必要なのだ、と。

退院の頃には秋が終わろうとしていた。冷たい木枯らしの吹く日で、破れているとはいえ毛糸のカーディガンが役に立った。

パン工場から渡された見舞い金のおかげで、アパートの家賃はまかなうことができ、どうにか帰る場所は失わずにすんだ。ただ両脇からは松葉杖《まつばづえ》が外せず、顔の下半分はプロテクターでガードされ、腰にはコルセットが三重に巻き付いていた。頬の傷跡はサングラスをしても、全部隠すことはできなかった。

しばらくはリハビリの専門病院へ通うことになった。自分でも気づかないうちに、身体は少しずつ元に戻ろうとしていた。昨日までできなかったことができるようになると、自分はやっぱり弟のいる所まではたどり着けなかったのだということを思い知らされた。

彼女と出会ったのはまさにそんな時だった。リハビリへ向かう、電車の中だった。

「まだあと、二駅ありますよ」

寝過ごしたかと思い、あわてて駅の名前を確かめようとしている私に、その人は言った。

どうして私の降りる駅を知っているのだろう。一瞬不思議に思ったけれど、すぐに納得した。この姿を見れば誰だって、リハビリへ向かう患者だと分かるはずだ。左膝と右手首はギプスで固定され、顎はプロテクターに覆われている。

シートに座り直そうとした時、電車が揺れて杖が足元に転がった。彼女はそれを拾い上げて、私の手に握らせた。

あまりにも優美な仕草だったので、お礼を言うのを忘れてしまうほどだった。すっとのびた腕と、フレアースカートの裾《すそ》の揺らめきが、いつまでも目蓋《まぶた》の裏に残っていた。

「大丈夫ですか」

彼女は言った。

「ええ、どうも……」

もぞもぞと口ごもりながら、私は答えた。

プロテクターのせいでうまく喋《しゃべ》れないのは、今に始まったことではないのに、その時は一段と惨めな気分に陥った。品性と可愛らしさを合わせ持ち、堂々としていながら謙虚でもあり、宙の高い所から光を浴びて響いてくるような彼女の声と、私の声はどうしようもなく不釣り合いだった。

唇は思うように開かず、プラスティックのカバーが頬に食い込み、舌は喉《のど》の奥で縮こまっている。どんなに気取っても、臨終間近い老婆《ろうば》のような声しか漏れてこない。

「私も病院まで行くんです」

彼女は私を見つめ、ゆっくり瞬《まばた》きした。

他の乗客たちは皆、無関心を装っていた。私の姿と不自然な歩き方は嫌でも目に付くはずなのに、視線を向けようとする人は誰もいない。怪我《けが》をして以来、人々がどんな手順を踏んで私から目を背けてゆくか、十分に学んでしまった。けれど彼女は違っていた。好奇心を理性で押さえ込もうともしなかったし、同情のため息もつかなかった。

「弟が、入院しているものですから」

冬の日差しが彼女の髪を照らしていた。それは横顔を半ば陰にしながら、まっすぐ肩まで伸びていた。

「どこがお悪いんですか」

失礼を承知の上で思わずそう尋ねてしまったのは、彼女が口にした弟という言葉のせいだった。

「腕を少し、悪くしておりますの。週に一度、火曜日に面会に行く習慣なんです」

弟……私はその言葉を縮こまった舌でつぶやいた。彼が死んでから九ヵ月が経《た》とうとしていた。

私を取り巻く世界は一向に進展していなかった。すべてがただ後退してゆくばかりだった。私の胸には悲しみの泉が出現していた。それは深く、不透明で、痺《しび》れるほどに冷たかった。何をしていても、どんな時でも、私はすぐさま泉に身体を沈めることができた。杖を突き、よろめきながら縁までやって来て、ギプスも包帯もそのままに、頭から沈んでゆくのだ。

そこならば、心行くまで十分に悲しむことができる。邪魔をする人はいない。

顎《あご》の骨はもうつながったのに、まだプロテクターを外さないでいるのは、日に日に回復してゆく自分を認めたくないからだ。長く身に付けたままのそれは、ほとんど顔に同化している。耳に掛けるベルトと金具から、プラスティックのカバーにいたるラインは、顎の輪郭と見分けがつかない。もしかしたら、二度と外れないのではないかという気さえする。

看護婦に初めてそれを付けられた時、いつか見た古いドキュメンタリーフィルムを思い出した。ナチスの強制収容所で、人を咬《か》むために訓練されたジャーマン・シェパードが、唸《うな》り声を上げている。錆《さ》びた鉄製の、お揃いの口輪が余計犬を残忍に見せている。親衛隊員が口輪を外すと、シェパードは痩《や》せたユダヤ人に向かって突進してゆく。――あの時の、口輪に似ていた。

プロテクターを外したら、泉の場所を忘れてしまうのではないだろうか。泉が干上がってしまうのではないだろうかと、私は恐れた。弟がこうむった痛みに見合うだけのものを、私も背負う必要があった。もはや悲しむことは、私の身体の一部だった。

「お土産のホットケーキ。弟の好物なんです。ちゃんとメープルシロップも添えてね」

彼女は膝の上に載せた紙袋を撫でた。甘い匂いが漏れてきた。

私たちは駅から病院まで、一緒に歩いた。私の不規則な歩調に、彼女はうまく合わせることができた。ことさらにいたわるでもなく、手を差し伸べるでもなく、それでいて丁度いいペースを保っていた。

とても綺麗《きれい》な人だった。動いていると余計、美しさが際立った。顔の部分一つ一つは平凡なのに、全部が合わさって彼女という形になった途端、特別な魅力がにじみ出てくるようだった。視線を遠くに向けていたかと思うと不意にこちらを覗《のぞ》き込み、うなずいたり、はにかんで微笑んだりした。いかにも一番大事な物を守ろうとするように、ホットケーキの包みを胸に抱き、風が吹くとまぶしげに睫毛《まつげ》を伏せた。時折髪がなびいて、透き通った首筋と耳が姿を見せた。

火曜日にリハビリへ行く日は、たいてい電車で彼女と出会うようになった。彼女の隣の席はいつでも空いているのだった。

弟さんの病棟とリハビリ棟は離れていたので、私たちが共有できるのは、病院の正門までのほんの短い時間だった。彼女は私の怪我について何も尋ねなかった。私もまた彼女の身の上をせんさくしたりはしなかった。私たちはただ、天気や風景についてぎこちない会話を交わすだけだった。無言の間は杖の音と靴音が一つになって響いた。

リハビリの成果は徐々に表われようとしていたが、相変わらずプロテクターもギプスも外す気にはなれなかった。すっかり黒ずんで嫌な臭いのする石膏《せっこう》は、痩せてよろよろとした私に、お似合いの装身具だった。彼女の隣にいると、ますます私のみすぼらしさは際立つのだった。

しかし決して不快ではなかった。むしろ見知らぬ彼女と過ごすひとときは、打ちひしがれた毎日の中で、手触りのいい光に縁取られているようだった。当時彼女は、私が言葉を発する唯一の相手だったし、また時折彼女が示す思いやり——すれ違う人からかばってくれたり、道の段差を避けてくれたりすること——は、誰かが私のために何かをしてくれるという、長い間忘れていた感触をよみがえらせてくれた。

そして何よりホットケーキだった。その匂いをかいだ時だけ、私は生きている弟を思い出すことができた。数ヵ月間記憶を支配している、殴り殺された死体ではなく、生きている彼を。

何度めに会った時だったろう。私は勇気を出して口を開いた。

「お願いがあるんですけれど……」

彼女は一瞬立ち止まり、こちらを振り向いた。

「弟さんのことを、聞かせてくれませんか」

顎を締め付ける金具がカチリと鳴った。

「ええ、そろそろ始めようかと、思っていたところです」

そう言って、彼女は再び歩きだした。


弟は水泳の選手でした。背泳ぎが専門です。ジュニアオリンピックの候補に選ばれたほどの、一流のスイマーです。

三歳で水泳を始めてから、弟は人生のほとんどの時間をプールの中で過ごしてきました。

私の記憶に残っている彼は、いつでも髪が濡《ぬ》れています。

父は骨董品《こっとうひん》の売買を仕事にしていましたが、半分は趣味、半分は詐欺みたいなものです。ほとんどアル中でした。母は弟の記録が伸びることだけを生きがいにした人で、そのためならどんな犠牲もいといませんでした。弟の運勢を少しでもよくしようと、占いに夢中になっていました。ある時は家中の壁紙をラッキーカラーの紫に張り替え、またある時は西北西の方向にある川から汲《く》んできた水を、私たちに飲ませました。結局、弟以外の三人はお腹をこわしたんですけれど。

そう、弟は母の払う犠牲に懸命に報いようとしました。彼にとっては、そのことの方が早く泳ぐことよりずっと大事でした。だから、大腸菌にだって屈しなかったのです。

興奮してはしゃぎ回ったり、駄々《だだ》をこねたりすることのない子でした。たとえぼんやりしていても、何か深遠な問題について考察を巡らせているような表情をするんです。

言葉も満足に喋《しゃべ》れない頃の話です。テレビに映っていたある映画俳優を見て、弟は突然泣きだしました。悲しくてならないというように、胸をかきむしりながら、かすれた声で。次の日、その俳優の訃報《ふほう》が流れました。交通事故です。

最初は皆、ただの気のせいで片付けていました。けれど、新聞のインタビュー記事に出ていた作家、政治家のポスター、近所の肉屋のおじさん、と続くうちに、もう誤魔化せなくなってきたのです。弟があの特別な泣き方をした時は、人が死ぬ時だ……。

母はこの状況をよしとしませんでした。弟の持つ奇妙な能力について、口にすることを禁じました。不吉な思いに捕らわれたのでしょう。もっとも、物心つくようになってから、つまりはプールで泳ぎはじめて以降、彼の能力は一度も発揮されませんでした。私たちもじきに忘れてしまいました。

しかしもしかしたら、表現しなかっただけで、弟は胸の奥でしっかり何かを予感していたのかもしれません。そんな気がします。

泳いでいない時、たいてい彼は部屋の隅の方にいました。特に、飾り戸棚の陰、調理台と冷蔵庫のすき間、踊り場の突き当たりにある納戸などがお気に入りで、そこに窮屈そうに身体を押し込めるんです。

決して陰気臭く、いじけているわけじゃありません。揺りかごで眠る赤ん坊のように、安らかにうずくまるのです。身体を小さくさえしていれば、悪いことなど何も起こらないのだと、信じ込んでいるかのようでした。

お手伝いさんに頼まれ、夕食の支度ができたと皆に知らせるのが、当時の私の役目でした。父は仕事部屋でお酒を飲んでいます。母は水着を洗濯するか占いの本を読むか、とにかく弟に関わりのある何かをしています。弟を探すのが一番大変でした。家には〝隅〟がたくさんありましたから。

階段の下、洋服ダンスの中、ソファーの裏。私は思いつく限りのすき間を探して歩きます。最初に目に飛び込んでくるのは頭のてっぺんです。私はそこを優しくポンポンとたたきます。彼はこちらを見上げ、「うん、分かったよ」という表情をして、身体を器用に折り曲げながら出てきます。私はズボンについた埃《ほこり》を払ってやります。

今でも一番強く心に残っているのは、毎日繰り返されたあの夕方の場面です。私は彼の髪に触れる。どこかにまだプールの消毒剤の匂いが残っている。薄暗い空間に彼の瞳《ひとみ》が浮かび上がり、視線と視線が重なる。――私たちの心が通じ合う瞬間でした。

家族が揃って外出するのは、水泳の大会がある時だけでした。コンクリートのざらざらしたベンチに三人並んで腰掛け、弟の応援をするんです。彼のおかげで私たち家族は、どうにか絆《きずな》を失わずにすんだと言えるでしょう。弟の背泳ぎ、それが唯一の救いでした。

美しい泳ぎをする子でした。どれほどすぐれたバレリーナでも、こんな完全な形で肉体の美を表現することはできないだろうと感じるほどです。腕が水をつかんだかと思うと、足首が柔らかくしなり、背骨が水面を切るように滑ってゆきます。広がってゆく波、沸き上がるしぶき、息を吸い込む気配、それらが一つに調和して更なる彩りを添えるのです。たとえタイムは悪くても、泳ぐ姿を間近にするだけで満足できました。父も母も同じ気持だったはずです。

十三歳の時、百、二百両方でジュニア新記録を作りました。母が整理する新聞のスクラップブックは、いつしか五冊になりました。驚くほど背が伸び、筋肉もついて、急速に大人になろうとしていました。

ある日、母が宣言しました。

「庭にプールを作るわ」

確かに庭はありましたが、プールを作れるほど余裕があるとはとても思えませんでした。けれど彼女を説得できる人など誰もいません。早速工事がスタートしました。レンガのアプローチがはがされ、芝生が掘り返され、リビングに続くサンデッキがつぶされました。ほどなく、十五×七メートルのプールが出現したのです。

それは庭のほとんどすべてのスペースを占領するだけでなく、家全体を圧倒する存在感を発揮しました。門から玄関まで、プールの縁から足を踏み外さないで歩くのは、骨が折れました。家を訪ねてくる人誰もが、門の前で一歩たじろぐのでした。

こんな小さなプールが何の役に立つのか疑問でしたが、もちろん弟は母の犠牲を全面的に受け入れました。真冬以外はそこでフォームをチェックしたり、ターンの練習をしたりしたのです。

「顎《あご》を引いて」

という母の声が、しばしばプールサイドから響いてきました。いつしかそれは母の口癖となっていました。顎の位置が、弟の唯一の欠点だと言われていたんです。

崩壊は突然訪れました。なのに最初、私たちは事の重大さに気づきませんでした。愚かにも、大した話じゃないと考えていたのです。大丈夫。いつでも引き返せる。

しかし実際弟は、誰にも気づかれないよう声を出さずに泣いていたのです。映画俳優の死を予言したのと同じ、あの特別な泣き方でです。

世界ジュニア選手権へ出発する一週間前でした。弟は左腕を挙げたきり、下へ降ろさなくなったのです。こんなふうに（彼女は実際やってみせてくれた）。

「どうしたの？」

皆が尋ねました。尋ねないではいられなかったんです。だって顔を洗う時も、朝食の席でも、左腕は真っすぐ上にのびたままです。丁度ストロークの途中、入水の直前で止まってしまったような感じです。

以来、ひとときたりとも彼が腕を元に戻したことはありません。皆あらゆる努力をしました。無理矢理腕をつかんで下に降ろそうとしたり、カウンセリングを受けたり、祈禱師《きとうし》にお祓《はら》いをしてもらったり。でも駄目でした。何一つ効果はありませんでした。水泳選手としての寿命は終わりました。

やがてプールは干上がって、巨大な墓穴となりました。五年後、父が肝硬変で死にました。棺《ひつぎ》はプールの底を斜めに横切って家から出て行きました。母は「顎を引いて」とつぶやきながら、墓穴の底で水着やスクラップブックや占いの本を焼きました。

左腕は徐々に血行が悪くなって黒ずみ、枯れた小枝のようになってゆきました。何かの拍子にそこへ触れると、はっとするほど冷たいのです。左腕からゆっくりと、死に近づいていているかのようでした。

いつだったか、お気に入りの場所、調理台と冷蔵庫のすき間で、ホットケーキを焼いてくれたことがあります。材料と電熱器を持ち込んで、もちろん左腕は挙げたままで。

苦心して私もそこへ入り込みました。弟は器用にホットケーキを焼きました。膝《ひざ》を折り曲げ、その上に顎をのせ、右手だけで粉を混ぜてゆきます。温めたフライパンに種を流し込むと、途端に甘い匂いが立ち上ります。身体を小さくしているせいで、彼に抱き留められているような錯覚に陥ります。

「美味《おい》しい？」

彼の声はすぐ耳元で聞こえます。

「とっても」

と、私は答えます。

弟が入院したのはその直後です。もう十年以上が過ぎました。今でも彼は、自分の心の中だけにあるプールで背泳ぎをしています。そこから彼を連れ出すことは、誰にもできません。たとえ右手だけでも、泳ぎの美しさに変わりはないはずです。私には分かります。

…………

物語が終わった時、私たちは病院の正門にたどり着いていた。彼女は長い息を吐き出し、足元に視線を落とした。どこか遠い場所を旅してきたように、ぐったりとしていた。救急車が一台やって来て、慌ただしく老人が運び込まれていったが、私たちのまわりだけはしんとしたままだった。

語られたのは私と無関係な物語であるはずなのに、彼女が弟という言葉を口にするたび、それが繰り返し波のようにひたひたと私を浸していった。濡《ぬ》れた髪も、電熱器の上で焼けるホットケーキも、朽ちてゆく左腕も、克明に思い浮かべることができた。

彼女に導かれ、私はプールのそばにたたずんでいた。澄んだ水をたっぷりとたたえ、この世のあらゆるものから祝福を受けているプールだ。そこで弟は泳いでいる。のびやかに、自由自在に身体をくねらせ、胸一杯に息を吸い込んでいる。

弟が生き返ったと錯覚したわけではない。やはり彼は死んでいる。プールに手をのばしても、彼に触れることはできないとよく分かっている。それでも私は絶望していない。物語に自分を委《ゆだ》ねているだけだ。彼女の声は悲しみを語るときでも優しく、何者も決して拒絶しない。

「そろそろ行かなくてはね」

彼女は言った。

「またいつか、お目にかかれるはずです」

私はうなずいた。何か言わなければと思うのに、プールのきらめきが眩《まぶ》しすぎてうまく声が出てこなかった。

「さようなら」

彼女は精神科病棟へ、私はリハビリ棟へ、それぞれ別れていった。


その日の夜、私は事故以来初めて顎のプロテクターを外した。そして、小説を書きだした。彼女が語った物語を、そのまま書き付けていった。

長く失っていた言葉をつかみ取る感触が、ありありとよみがえってきた。難しくも何ともなかった。ただ彼女の声を胸に響かせるだけでよかった。

書くことは私を回復させた。私という存在の形がどんどん強固に、鮮やかになってゆくようだった。

こうして完成した小説『バックストローク』がデビュー作になった。生まれて初めて活字になり、書店に並び、私を最低ぎりぎりのラインから救い出す本となった。

七年振りにリハビリ棟を訪れたのは、最後まで膝に残っていたボルトを除去する手術を受け、その後機能回復の訓練を受けるためだった。私はベビーカーに生まれたばかりの息子を乗せ、駅から病院へと向かった。不意に、今日が火曜日なのに気づいた。

彼女とはあれ以来一度も会っていなかった。私はベビーカーを押しながら彼女の姿を捜してみたが、無駄だった。それでもあきらめきれず、遠回りをして精神科病棟を歩いた。息子はおとなしく眠っていた。弟さんらしい人を見かければ、すぐに分かるはずだった。左腕を真っすぐ上にのばしている人なのだから。あるいは、ホットケーキの匂いに気をつけていれば見つかるかもしれない。

病棟の突き当たりは日当たりのいい談話室だった。オレンジ色のソファーと観葉植物がバランスよく配置されていた。患者らしい人が数人、コーヒーを飲んだり編み物をしたりしていた。絨毯《じゅうたん》が柔らかいおかげで、ベビーカーはがたがた耳障りな音を立てずにすんだ。

ふとサイドテーブルに目をやった時だった。そこには薄っぺらな英語版のペーパーバックが一冊、置かれていた。

『BACKSTROKE』

確かにそう書いてあった。

古い本らしく、表紙は擦り切れ変色していた。作者は一九〇一年生まれの聞き覚えのない女性だったが、それ以外のプロフィールは分からなかった。とても発音できそうにない、複雑なつづりの名前だった。私はソファーに腰掛け、一ページめから読みはじめた。背泳ぎの選手だった弟が、左腕から徐々に死に近づいてゆく話だった。私が書いたのと、彼女が語ったのと同じ物語が、そこにあった。どんなにボロボロの本の中でも、物語のいとしさは少しも損なわれていなかった。

私は本を閉じ、テーブルに戻した。そこに暖かい日差しが降り注いだ。息子が目をさまし、もそもそと動きだした。私はカタツムリの縫いぐるみを、顔のそばに置いてやった。

キリコさんの失敗

昔、キリコさんという名のお手伝いさんがいた。母は常時、二、三人のお手伝いさんを雇っていたが、若い人が多かったので、たいていは結婚のために数年で辞めていった。すると母は教会の信徒会に頼んで、また新しい人を紹介してもらうのだった。

キリコさんもそんなふうにして我が家へやって来た。確か、婦人部の支部長の、遠い親《しん》戚《せき》にあたる娘さんで、以前は家具工場で事務員をしていたらしい。ただ、家にいた期間が、私が十一から十二歳になる間の一年足らずと殊更《ことさら》に短く、しかも唐突に——恒例のさよならパーティーもなく——辞めてしまったために、そのあたりの事情はもうほとんど忘れてしまった。

目鼻立ちのはっきりした、肉付きのいい人だった。アイシャドーは水色で、唇には当時流行のグロス入りの口紅が、はみ出すほどたっぷり塗られていた。なのに髪の毛には構わず、無造作に輪ゴムで縛ったり、あちこちへアピンで留めたりしていた。

いつも身体にぴったりした洋服を着ていたが、それが自分の肉体を誇示するためなのか、単にサイズの合う服がないからなのか、よく分からない。踏み台に登り、窮屈そうに戸棚の奥に頭を突っ込んで、お客さん用の食器を取り出している姿や、バストを揺らしながら汗びっしょりになって、階段を拭《ふ》き掃除している姿が、今でも浮かんでくる。

ただ、キリコさんが身につけると、どんなにくたびれた染みだらけのエプロンでも、秘密めいてあでやかに見えるのは間違いなかった。お尻《しり》を撫《な》でるエプロンのリボンの端が、彼女を年齢以上の大人に見せていた。

母はキリコさんのことをあまり気に入っていなかったようだ。もっとも、セクシーすぎるからというのではなく、礼拝のお供に連れて行くと、すぐに寝息を立てて眠り込んでしまうから、というのが理由だった。

十一歳の夏休み、仕事で一ヵ月ヨーロッパを回っていた父親から、お土産に万年筆をもらった。銀色で細身の、スイス製の万年筆だった。

キャップを取ると、磨き込まれた流線型のペン先が現われ、それは見ているだけでも胸が高鳴るほどに美しく、持ち手の裏側にはその曲線によく似合う筆記体で、私のイニシャルYHが彫ってあった。

おもちゃ以外のお土産をもらうのは生まれて初めてだったし、まわりで万年筆を使っている子など一人もいなかったから、自分が一足飛びに大人になったような気がした。この万年筆さえ手にしていれば、何か特別な力を発揮できると信じた。

私はいつどんな時も、書きたくて書きたくてたまらなくなった。国語の漢字練習帳がいるからと母に嘘をつき、お金をもらって大学ノートを買った。学校から帰るとランドセルを置き、真っすぐ机の前に向かってとにかく万年筆のキャップを外した。

いざとなって、自分が何を書くつもりなのか、ちっとも考えていないことに気づいたが、私はひるまなかった。そんなことは大した問題とは思えなかった。インクがしみ出してくる瞬間や、紙とペン先がこすれ合う音や、罫線《けいせん》の間を埋めてゆく文字の連なりの方が、ずっと大事なのだった。

大人たちはすぐに、娘が何やら夢中になって書いていると気づいたが、必要以上に干渉はしなかった。とにかく机の前で書き物をしているのだから、それは勉学、例えば漢字の書き取りのようなものに違いないと思い込んだらしい。

スリッパをはいて階段を登ってはいけないとか、お風呂《ふろ》に入った後は冷たいものを飲んではいけないとか、あの頃課せられていた多くの禁止事項の中に〝書き物〟が加えられなかった代わりに、大人たちは誰も書かれた内容については興味を示さなかった。どうせ自分たちの知っている漢字ばかりなんだから、という訳だ。

私はまず手始めに、自分の好きな本の一節を書き写してみた。『ファーブル昆虫記』のフンコロガシの章。『太陽の戦士』の出だしのところ。『アンデルセン童話集』から『ヒナギク』と『赤いくつ』。アン・シャーリーが朗読する詩。『恐竜図鑑』のプテラノドンの項。『世界のお菓子』、トライフルとマカロンの作り方。……

想像したよりずっとわくわくする作業だった。たとえ自分が考えた言葉ではないにしても、それらが私の指先を擦り抜けて目の前に現われた途端、いとおしい気持に満たされた。言葉たちはみんな私の味方だ。あやふやなもの、じれったいもの、臆病《おくびょう》なもの、何でもすべて形に変えてくれる。ブルーブラックのインクで縁取られた、言葉という形に。

そしてふと気がついて手を休めると、ノート一面びっしり文字で埋めつくされている。ついさっきまでただの白い紙だったページに、意味が与えられている。しかもそれを授けたのは自分自身なのだ。

私は疲労感と優越感の両方に浸りながらページを撫で付けた。まるで世界の隠された法則を、手に入れたかのような気分だった。

"書き物"に対する態度が、他の大人と唯一違っていたのがキリコさんだった。干渉しない点については同じだが、彼女は明らかにこの作業を、勉学とは違う種類のものとして認めていた。敬意さえ払っていたと言ってもいい。

子供部屋やダイニングテーブルで作業に熱中している私を見つけると、一瞬キリコさんは立ち止まり、姿勢をただし、邪魔しないように注意を払いながら通り過ぎた。あるいはおやつを運んでくる時は、不用意にノートの中身に目をやって盗み見していると誤解されないよう、気を使っているのが分かった。自分の手元に視線を落とし、一切声は掛けず、ノートからできるだけ遠いところにジュースを置いた。コップに付いた水滴で、ページが濡《ぬ》れてはいけないと思ったからだろう。

やがて私は他人の文章を書き写すだけでは満足できなくなり、作文とも日記ともお話ともつかないものを書き付けるようになった。クラスメイト全員の人物評と先生の悪口、一週間の食事メニュー、百万円あったら買いたい品物のリスト、テレビ漫画の予想ストーリー、自分の生い立ち・みなしご編、無人島への架空の旅行記。とにかく、ありとあらゆるものだった。

今日は何にも書くことがないという日は、一日もなかった。キャップさえ外せば、万年筆はいつでも忠実に働いた。

だから初めてインクが切れた時は、うろたえた。

「どうしよう、万年筆が壊れちゃった」

私は叫び声を上げた。

「もう壊しちゃったの？　せっかくのパパのお土産なのに。新しいのは買いませんからね。壊したあなたが悪いんです」

新しいのは買いませんからね——これが母の口癖であり、得意の台詞《せりふ》だった。私は自分の不注意を呪《のろ》い、絶望して泣いた。

「大丈夫。インクが切れただけなんだから、補充すれば元通りよ」

救ってくれたのは、やはりキリコさんだった。

「スイスのインクなのよ。パパがまたスイスへ行くまで待たなきゃならないの？」

「いいえ。街の文房具屋さんへ行けば、必ず売っています」

必ずという言葉を強調するように、キリコさんは大きくうなずいた。

キリコさんは正しかった。私は万年筆を壊してなどいなかった。約束どおり彼女は新しいインクを買ってきて、補充してくれた。ケースの裏に書いてある説明書は外国語だったから、二人とも読めなかったけれど、彼女は慎重に方向を見定め、崇高な儀式の仕上げをするように、万年筆の奥にインクを押し込めた。

「ほらね」

それがよみがえったのを確かめると、キリコさんは得意そうに唇をなめた。一層唇が光って見えた。


「絶対ママには内緒にしておいてね」

誘ったのはキリコさんの方なのに、何度となく私は念を押した。

「平気よ」

本当にキリコさんは平気な顔をしていた。私たちは歯医者の帰り、寄り道して一緒にチョコレートパフェを食べていた。高級なフランス料理であれ、屋台の焼きそばであれ、母は子供が家の外で食べ物を口にするのは、衛生上好ましくないと信じていた。

「ここのはね、フルーツが新鮮で美味《おい》しいの」

彼女は大きな桃を飲み込んだ。

口の中にはまだ石膏《せっこう》と消毒液の匂いが残っていて、それがチョコレートと混じり合い奇妙な味がした。詰め物をしたばかりの奥歯は、ものを嚙《か》むたびカクカク音がした。

立派なパフェだった。フリル型に広がったガラス容器からあふれるほどに、ウエハースやバナナや生クリームが盛り付けてあった。キリコさんは長いスプーンを真ん中に突き刺し、せっかくのデコレーションが崩れるのも構わず、底のチョコレートをすくい上げて食べた。

「痛かった？」

彼女は尋ねた。

「そうでもない」

私は首を横に振った。

「よく歯医者になんか行く勇気があるわね。まだほんの子供なのに」

「歯は大切なのよ。だって永久歯が抜けたら、二度と生えてこないんだもの。誰だって指を切断されたら悲しむでしょ？　もう元に戻らないからよ。歯だって一緒。一度抜けたらおしまい。なのにみんな、指ほどには大事にしないの」

ふうん、とうなずきながら、キリコさんはスプーンの背でバナナをつぶした。

「でもやっぱりごめんだわ。口の中に手を突っ込まれて、べろの裏から喉《のど》の奥までのぞかれたうえに、ドリルで穴を開けられるのよ。考えただけでぞっとする」

口元からチョコレートが垂れそうになり、あわててキリコさんはナプキンで拭《ぬぐ》った。せっかくの口紅がとれてしまうのではないかと、私は心配した。しかしそれはまだ艶《つや》やかさを失っていなかった。チョコレートよりもずっとべたべたして、甘そうだった。

「ねえ……」

私は前から気になっていた話題を、思い切って持ち出してみた。

「口紅を塗るって、どんな感じ?」

ああ、そんな簡単なこと、というふうに彼女はナプキンを丸めて転がし、バッグから口紅を取り出した。

「塗ってみれば分かるわ」

私はそれをくるくる回し、先を出したり引っ込めたりした。もうずいぶんすり減っていた。

「さあ、こうするの」

キリコさんは身を乗り出し、あっという間に私の唇を真っ赤にした。

「うん、なかなかよ」

私は喫茶店の窓ガラスに映った自分の顔を眺めた。キリコさんほど素敵ではなかった。歯の治療に失敗して、たちの悪いバイキンに感染したみたいに、口だけが腫《は》れ上がって見えた。そのうえ、なめてみてもチョコレートのように甘くはなかった。さっき歯茎に打たれた、麻酔薬の味に似ていた。

「大変。ママに知れたらとんでもないことになる」

あわてて私はナプキンでこすった。なのにこすればこするほどはみ出して、余計目立ってしまった。

「もう取っちゃうの。せっかく塗ったのに」

フフッと微笑んでキリコさんはナプキンにコップの水を垂らし、一緒にこすってくれた。セーターの襟ぐりから、温かそうな乳房がのぞいていた。

夜、治療したばかりの歯がうずいてなかなか眠れなかった。パフェのせいかもしれないと、私は不安でしかたなかった。そのうえ唇までがひりひりと痛みだした。

私はベッドからはい出し、キリコさんとの秘密を全部、ノートに書いた。

私たちがもっと重要な秘密を共有するようになったのは、学芸会の前の日に起きた、ちょっとした事件がきっかけだった。私はメヌエットのソロを、リコーダーで吹くことになっていた。百人の五年生の中から、たった一人選ばれたのだ。

幕が上がり、拍手がおさまると、私は舞台の中央に歩み出てお辞儀をする。スポットライトが当たり、伴奏の子がピアノの鍵盤《けんばん》に指をのせ、みんながリコーダーを見つめる。講堂が静まり返って観客たちの期待が頂点に達したのを確かめてから、私は指を最初の音ソに合わせる。——リハーサルではそうなる予定だった。

家へ帰って、最後にもう一度だけ練習しておこうと思い、ランドセルを開けたらリコーダーがなかった。学校へ引き返し、教室から廊下、運動場まで歩き回り、通学路を三往復したが無駄だった。

やがて日が沈み、あたりは真っ暗になった。リコーダーは何の予告もなく、私の前から消え去り、闇《やみ》に溶けていったのだ。

途方に暮れた時、どうしていつも母親に頼らなくてはいけないのだろう。一体彼女が何の役に立つというのだろう。

自分が泣いているのは、リコーダーが見つからないからでも、ソロを降ろされるのが嫌だからでもないと、よく分かっていた。彼女しか打ち明けるべき人がいないことが、辛《つら》いだけなのだ。

読みかけの聖書を閉じ、ほつれた綴《と》じ糸をいじりながら彼女は言った。

「新しいのは買いませんからね」


キリコさんが声を掛けてくれたのは、私がセーターも靴下も脱ぎ捨てて、庭の花壇の縁に座り込んでいる時だった。

「一体、どうしちゃったの？」

「この間読んだ本のヒロインは、夜の風に当たって肺炎を起こしたわ」

「滅多《めった》なことで、肺炎になんかなれるもんじゃないわ。それより、笛を手に入れるのが先よ」

「もう駄目。私のリコーダーはどこにもないの」

「ゆっくり、深呼吸して考えてみましょう」

キリコさんは花壇の中からセーターを拾い上げ、枯葉を払い除《の》けて私に着せた。

「ないんだったら、作ればいいのよ」

「作る？　どうやって？」

「木をくり貫《ぬ》いて、穴を開けて、吹き口のところをこんなふうに削って……」

キリコさんは手真似で木を削る格好をして見せた。まるで昔から、何本ものリコーダーを作ってきた人のような手つきだった。

「無理よ、そんなの。無理に決まってる」

「とにかく、まかせておいて。明日の朝、学校へ行くまでに間に合えばいいんでしょ？さあ、肺炎にならないうちに、早く靴下をはいて、ゆっくり眠りなさい」

私はうなずいて、言われたとおりにした。明日無事にメヌエットの演奏ができると、希望を持ったからではない。彼女を疑いたくなかったからだ。

「じゃあね」

そう言って手を振りながら、キリコさんはどこかへ走って行った。

キリコさんは約束を破らなかった。次の朝、息を弾ませて食堂へ駆け込んできた。右手にしっかりとリコーダーを握り締めて。

削りたての木の香りがまだ残っていた。口は少し太めで、穴はザラザラし、吹くとどこからか木屑《きくず》の粉が飛び散ったが、それは間違いなくリコーダーだった。どこから眺めても、正真正銘の本物だった。

本番で私の吹くメヌエットは、講堂の冷たい空気を震わせ、観客たちの頰《ほお》を包み、窓ガラスをすり抜けて空の高いところへ吸い込まれていった。天によって選ばれ、特別にあつらえられた音だった。

私はノートに書きためた物語から一番のお気に入りを色画用紙に清書し、リボンで綴《と》じてキリコさんにプレゼントした。

後で知ったことだが、彼女は以前勤めていた家具工場の職人さんに頼んで、リコーダーを作ってもらったらしい。正しい音階が出るまで、十本以上やり直しが必要だった。本当は食卓の脚になるはずの木だった。

「ありがとう。とっても素晴らしい物語ね。お城の図書室に住むクマネズミが、ヒキガエルを誘って地下牢《ちかろう》を探検する場面がいいわ。ほら、泉が湧き出しているのを発見して、二人が一緒に泳ぐの。ヒキガエルがクマネズミの前脚をしっかり握って、水かきでおしりを持ち上げてやる、あそこが一番好きよ」

キリコさんは喜んでくれた。そしてますます、私の〝書き物〟の時間を、大事に扱ってくれるようになった。

お礼にプレゼントしたのがどんなお話だったのか、今ではすっかり忘れてしまった。ただ泉を泳ぐ場面がよかったと言う、キリコさんの言葉を覚えているだけだ。

クマネズミとヒキガエルの物語は、今頃どこでどうしているのだろう。生まれて初めて人を喜ばせた、私の物語。作者の記憶から消え去ってもまだ、世界のどこかで息をひそめているのだろうか。


ある日、キリコさんがけげんな顔をして買物から帰ってきた。

「自転車の籠《かご》に、こんなものが入っていたんです」

キリコさんが差し出したのは、紙袋に包まれた三個のジャムパンだった。

「覚えはないの?」

母はちらっとパンに目をやっただけで、たいして興味は示さなかった。

「はい。魚屋さんの前に自転車を停めて、買物をすませて戻ってきたら、これが……」

「誰かが自分の自転車と間違えたんでしょ。気味が悪いから捨てちゃいなさい」

紙袋を払い除けるようにしながらそう言って、母は聖書の勉強会に出掛けた。

しかし私たちは母の言い付けを守らなかった。二人で分け合って、そのジャムパンを食べたのだ。

私たちはそれを食卓の上に並べ、しばらく黙って観察した。外見上はおかしなところはなかった。ふかふかと柔らかそうで、鼻を近付けるとイチゴジャムの匂いがした。

「だって、とても控えめに、ひっそりと籠の隅に納まっていたのよ」

私は相づちを打った。

「絶対に間違えたんじゃないと思うの。無造作な雰囲気がなかったから。それに奥様には言わなかったけど、籠の底にたまっていた埃《ほこり》がきれいに拭《ぬぐ》ってあったの。そこが間違いなく誰かによって指定された場所であるという、証拠を示すみたいにね」

キリコさんはパンを捨てる気などないのだと、すぐに分かった。もったいないからというより、このプレゼントの意味を知りたくてたまらない感じだった。

「じゃあ、食べましょうよ」

思い切って私は提案した。

念のため、当時飼っていた柴犬《しばいぬ》のアガタに毒味をさせることにした。もし怪しげなものが混ざっていたら、犬は野生の嗅覚《きゅうかく》でキャッチして決して口には入れないから大丈夫、というのがキリコさんの意見だった。

私たちはジャムパンを半分に割り、一応自分たちでも匂いをかいでみてから、慎重にアガタの鼻先に近付けた。アガタはヒクリと鼻を動かす暇もなく、あっという間にパンを飲み込んでしまった。

しばらく観察を続けたが、異変は起こりそうにもなかった。アガタはキリコさんのエプロンに飛び掛かり、「もっとおくれ」と吠《ほ》えたてた。

その日から、キリコさんの自転車にパンが置かれるという出来事が何度か続いた。クロワッサン、カレーパン、シナモンロール、クリームパン……と種類はいろいろだったが、〝無造作でない控えめな〟たたずまいに変わりはなく、数は必ず三個だった。おかげでキリコさんと私とアガタと、平等に分け合うことができた。

もういちいち母親には報告しなかった。二人だけのおやつは、私たちの新しい秘密に加わった。

台所の冷蔵庫の陰で、誰にも見つからないよう用心しながら、私たちはパンを食べた。不意に冷蔵庫のモーターがうなると、びくっとして顔を見合わせた。キリコさんは私の口元についたパン屑《くず》を払ってくれた。

どれも焼きたてで美味《おい》しかった。まだほんのりと温かいのもあった。

「誰の仕業か、本当に見当がつかない？」

私は尋ねた。けれどキリコさんは首を横に振るばかりだった。

「今度パン屋さんで調べてみましょうよ。怪しいお客さんがいないかどうか」

「そうね……」

キリコさんは心持ち背中を丸め、両手でパンを胸に抱き寄せながら、一口ずつ味わって食べた。この奇妙な親切に対し、どうやったら報いることができるのか考え込むような、あるいは一度は毒入りと誤解したことを、見知らぬ誰かに謝罪するような、そういう食べ方だった。

全部の種類を一巡して、最初のジャムパンに戻った頃だったろうか。突然キリコさんが仕事を休んだ。大人たちのざわついた様子から、何かよくないことが起こったのだと察しがついた。

私は他のお手伝いさんを質問攻めにし、ようやくキリコさんがある事件に巻き込まれたことを知った。三日ほど前に首吊《つ》り自殺をした青年の部屋から、キリコさん宛の手紙が多数発見され、それで警察に事情を聞かれているらしい。

「いい？　内緒よ。奥様から口止めされているんだから」

「自殺した人って誰？　どこの人？　ねえ、教えて、お願い」

私はしつこく食い下がった。

「パン屋の見習いよ」

いかにも忌まわしいことを口にしたかのように、彼女は人差し指を唇に当てた。

次の日、キリコさんは普段どおりの時間に姿を見せたが、やはりどことなく元気がなかった。人と顔を合わせたくなかったのか、うつむいて拭《ふ》き掃除ばかりしていたし、口紅の輝きも控えめだった。

皆は陰で好き勝手な噂をした。二人は駆け落ち寸前だったらしいとか、パン職人はかなりのお金を貢いでいたとか、先に誘惑したのはキリコさんの方だとか……。

全部でたらめだった。発見された手紙は一通も投函《とうかん》されなかったのだし、キリコさんはパン職人の存在さえ知りはしなかった。彼女が受け取ったのは、焼きたてのパンだけだ。

なのにキリコさんは一言も反論しなかった。このままだと本当に彼女が自殺の原因にされてしまうのではないかと、気が気ではなかった。

彼女は雑巾《ぞうきん》を固く絞り、台所の床を磨き、玄関の扉を磨き、家中の窓を磨いた。たとえ悲しい結末であったとしても、おやつの秘密が解けたことについて、何か語り合いたいと思ったのに、結局声は掛けられなかった。彼女があまりにも黙々と掃除に打ち込んでいたからだ。どんな小さなくもり一つも見逃さない仕事振りだった。そうすることで、見ず知らずの誰かの死を心から悼んでいるかのようだった。

以来、自転車の籠《かご》にパンが捧《ささ》げられることはもうなかった。キリコさんが買物から帰った時、パン屋の紙袋を抱えていないかどうか確かめる癖はなかなか治らなかった。視線を送り、はっとして「ああ、あの人はもう死んだんだ」と気づかされた。

秘密のおやつの終わり――それが、私が人の死について考えた最初だった。

少しずつキリコさんは元気を取り戻しているように見えた。皆もすぐ噂話に飽きてしまった。

私は今回の出来事をヒントに小さなお話を書いた。森の奥で毎日粉まみれになりながらパンを焼く、口のきけないクマの物語だった。その日も食卓でずっとお話の続きを書いていた。向かいでは母が、教会のバザーに出すマロンケーキのために栗《くり》をむいていた。

ほんの少し席を立って戻ってみると、万年筆が消えていた。母の作業は終わったらしく、さっきまで山盛りになっていた栗の皮も、きれいに片付けられていた。私はノートをバサバサと振り、テーブルクロスをめくり、食卓の下をはい回った。

万年筆は見つからなかった。物語は第三章に入ったところで、あともう少しすれば完成するはずだった。ノートの空白を見つめているうち、ショックや悲しさよりも先に私を襲ったのは、恐ろしさだった。万年筆を取り上げられて、一体この空白をどうやって埋めたらいいのだろう。私の両手は空っぽじゃないか。物語は一歩も先へ進めない。ただ真っ白い世界が続くだけなのだ。

「万年筆？　知りませんよ。だってママは栗をむいていたんですもの。あなたの万年筆になんて触ってもいないわ」

あらかじめ予想できたとはいえ、やはり母は親身になってはくれなかった。

「で、皮はどこへ持って行ったの？」

「焼却炉よ」

裏庭を指差して母は言った。それより何よりマロンケーキの方に気を取られていた。変色しないうちに、早く栗をシロップ漬けにしなければならないらしい。

私は裏庭へ走った。焼却炉からは煙が上がっていた。慌てて蓋《ふた》を取り、火かき棒でかき回したので灰が舞い上がった。私はむせて咳《せ》き込んだ。

「火傷《やけど》するといけないわ」

背中で声がする前から、そこにキリコさんがいるのを感じていた。キリコさんは咳《せき》が治まるまで背中をさすり、それから火かき棒で灰の底を静かに探った。

やがて半分燃えかけた新聞紙の塊が現われ、その奥から栗の皮がポロポロこぼれ落ちてきた。尚《なお》も塊を崩してゆくと、火かき棒の先が何か硬いものにコツンとぶつかった。

私の万年筆だった。ペン先は煤《すす》け、胴体は歪《ゆが》み、イニシャルは溶けて判読不能になっていた。どんなに目を凝らしても、私の指先から言葉を紡ぎ出していた頃の名残《なごり》は、どこにも見つけられなかった。


キリコさんを形容するのに最もふさわしい表現は、なくし物を取り戻す名人だった、ということになるかもしれない。リコーダーの時も万年筆の時も、魔法のように鮮やかな手さばきを見せてくれた。

そのくせ、恩着せがましいところがなかった。自分に魔法が使えるなんて、少しも信じてはいなかった。息も荒げず、得意そうな表情も見せず、すっと私の前に現われるのに、手の中にはちゃんとリコーダーが、万年筆が、握られているのだった。

これから記す出来事は、私が直接体験したものではない。キリコさん本人がごく控えめに語った事実、母親から聞き出した前後の事情、そして後年になって様々な人々が漏らした思い出話のかけらなどを寄せ集め、私が自分なりに理解した現実の輪郭である。けれど、キリコさんの果たした役割の重要さは伝わると思う。しかもキリコさんは誰からも、一切恩恵を受けることがなかった。彼女の運んでくれた幸運の意味を本当に知るには、私はあまりにも幼すぎた。

父は趣味で骨董《こっとう》の焼き物を集めていたが、仕事の関係でお世話になった収集家に、ある壺《つぼ》を是非にと所望され、しぶしぶながら売ることにした。車一台分くらいの、かなりの高値で折り合いがついた。

収集家が定宿にしているホテルのロビーで、壺を引き渡す手筈《てはず》が整えられた。ところが約束の日、父も母も急な用事が入ってしまい、代わりに配達役としてキリコさんが選ばれた。難しい仕事ではない。もちろん壺を壊さないよう運ぶのには神経を使うだろうけれど、あとは収集家にそれを手渡すだけである。キリコさんに任せたって何の問題もないはずだった。

収集家の名前が何だったか、今ではもう忘れてしまったので、仮にハットリ・ヤスオとでもしておこう。特別珍しい名前ではないが、そうどこにでも転がっているというわけでもない、そういう種類の名前だ。

キリコさんは壺の入った箱をしっかりと両手で抱え、ホテルのフロントマンに告げた。

「ハットリ・ヤスオさんをお願いします」

フロントマンは手慣れた様子で宿泊者名簿を開き、すぐさまハットリ・ヤスオの名を確認して部屋へ電話を入れた。

「ハットリ様、下へご面会のお客様がいらっしゃっておられます」

いかにもよく訓練されたという物腰のフロントマンは、ロビーのソファーを指差してキリコさんに勧めた。

ハットリ・ヤスオ氏が部屋から降りてくるまで、割合と時間がかかった。十分か十五分、キリコさんはおとなしく待っていた。「お飲み物は？」とボーイが近寄ってきたが断った。壺のことが気になって、隣のソファーに置いたり、テーブルに載せたり、あまり動かさない方がいいと思い直して膝《ひざ》の上に抱えたりした。

エレベーターの扉が開いて中から痩《や》せた長身の男が出てきた時、キリコさんは初対面にもかかわらずすぐに彼がハットリ氏だと分かったと言う。男が迷うふうもなく、パッとキリコさんに視線を向け、礼儀正しく会釈したからだ。

「お待たせして、どうも申し訳ございません」

男は足を組んで座り、背広のポケットから煙草を取り出して吸った。怪しいところは一つもなかった。おどおどしたり、警戒したりするような仕草も見せなかった。センスのいいスーツを着こなし、程よくオードトワレを漂わせ、ゆったりと構えていた。

キリコさんは自分が代理の者であると名乗り、当人が来られない非礼をわびた。

「早速ですが、お約束のお品、お持ちいたしました」

キリコさんは包みを解き、壺の入った箱を男の前に差し出した。

「中を確かめさせていただいてよろしいでしょうか」

「もちろんです」

男は壺を取り出して全体を眺め回し、手触りを確かめ、更にシャンデリアにかざして様々な角度から光を当てた。

骨董品を扱い慣れた人の手つきだとキリコさんは感じた。父が壺に触れる時の雰囲気と、よく似ていたらしい。その間男は余計な言葉は発しなかった。ため息一つ漏《も》らさなかった。そして壺を元に戻し、

「結構です」

と言った。

キリコさんが用意してきた受取にサインを求めると、黙ってうなずき、胸ポケットに差してあった万年筆で〝ハットリ・ヤスオ〟と署名した。

ここまでは、キリコさんは父からの言い付けを忠実に守ったといえる。どこから見ても正当な手順を踏んでいたし、お行儀よくしていたし、壺も傷つけなかった。

しかし目の前に万年筆が現われた途端、手順は狂ってしまう。キリコさんは男の手元に視線を落としたきり、一瞬息を呑み込んだ。それは焼却炉で栗の皮と一緒に燃えたはずの万年筆だった。細身で銀色のスイス製。持ち手の裏側には、もちろんイニシャルＹＨ。

自分がどこかを見誤っていないか、似ているようで実は全くの別物ではないか、彼女は慎重に考えた。ひんやりとした質感、光の反射具合、紙を滑る気配、Ｙの字のカーブの角度……何もかもが同じだった。十二歳の少女の手を飛び立ったきり迷子になった妖精《ようせい》が、

今ハットリ氏の手元で銀色の羽根を休めている——そんな感じだった。

早とちりでないことを十分すぎるくらい十分に確認してから、キリコさんは男に申し出をした。

「その万年筆を、私に譲っていただけませんでしょうか」

ごく自然に言葉が出てきたと、彼女は言った。身構えたり策を練ったりする必要などなかった。気づいた時にはもう言葉が二人の間に響いていたのだと。

彼女はかいつまんで万年筆にまつわる説明をし、相応のお金の支払いを提案した。男はぶしつけな申し出に気を悪くする様子もなく、最後まで話を聞き終えると、万年筆のキャップを締めたり外したりしながら「よろしいでしょう」と答えた。

「でも、あなたからお金を受け取るわけにはいきません。壺を届けて下さったあなたの労力に対する報酬としてなら、喜んでこれをお渡しします」

そう言ってハットリ氏はキリコさんの掌に万年筆を載せた。慈しむように、いたわるように、そっと載せた。

その日のうちにトラブルは発覚した。夜になって、いつまで待っても壺が届けられないと、ハットリ氏から電話が掛かってきた。電話に出たキリコさんは間違いなくお届けした旨を伝えたが、相手は「あんたみたいな小娘じゃ話にならん」と怒鳴り散らすありさまだった。確かに、昼間会った男とは声が違っているので、キリコさんも不安になってきた。

やがて父が帰宅し、あちこちに連絡を取って調べるうち、だんだんと事情が明らかになってきた。当日、全く同姓同名のハットリ・ヤスオ氏が二人、ホテルに宿泊していた。フロントマンはそのことに気づかず、収集家とは違う方のハットリ氏を呼び出してしまった。当然、〝偽〟ハットリ氏はキリコさんが誰の使いで、その壺が何なのか、一切心当たりはなかったはずだ。キリコさんに会った時、あるいはフロントから電話があった時、人違いだと一言告げてくれるべきだったのだ。しかし彼はそうしなかった。堂々と壺を受け取った。その間〝本物〟のハットリ氏は、イライラしながら部屋で待っていた。受取のサインは本物とは全然違う筆跡だった。

壺を手に入れた直後、〝偽〟ハットリ氏は急遽《きゅうきょ》チェックアウトし、姿を消した。ホテルに残された住所はでたらめだった。

彼が最初から詐欺を企《たくら》んでいたのか、それともただ偶然の人違いに乗じただけなのか、誰にも分からない。嘘の住所を書くくらいだから、元々怪しい人物だったのかもしれない。

いずれにしてもはっきりしているのは、壺が消えたことと、万年筆が戻ってきたことだけである。

壺事件のあとしばらくして、キリコさんは仕事を辞めた。アガタを抱き締め、私にさよならだけを言って、去って行った。故郷で花嫁修業をするというのが、表向きの理由だった。

誰も壺がだまし取られたことを責めたりはしなかったが、やはりキリコさんは責任を感じたのだと思う。パン屋の青年の件も心に引っ掛かっていたのかもしれない。私がいくら引き止めても、何の役にも立たなかった。

私はチョコレートパフェやリコーダーや口のきけないクマの話を集め、一冊の本に綴《と》じてプレゼントした。ハットリ氏の万年筆で書いた本だった。キリコさんはそれを皺《しわ》にならないよう、ボストンバッグの内ポケットに丁寧にしまった。アガタが一声、さよならの鳴き声を上げた。

キリコさんが万年筆を手に入れてきた日のことは、今でもよく覚えている。

「どうしたの？　家具工場の人にまた作ってもらったの？」

私が興奮して叫ぶと、彼女はクスリと笑って首を横に振った。

「違うわ。本来あるべき場所へ、戻ってきただけ」

そしてキリコさんは万年筆を私の手に握らせて言った。

「さあ、これで書くのよ」

と。

エーデルワイス

一月の寒い午後だった。空は晴れ渡っているのに、空気は冷たく、日陰の水溜《みずた》まりには氷が張っていた。時折風が吹くと、雑木林がざわざわと鳴り、誰も乗っていないブランコが揺れた。手袋をし忘れてきたせいで、コートのポケットに突っ込んだ両手は、いつまでたってもかじかんだままだった。

噴水を取り囲むようにして並んだベンチには、勤め人ふうの男や、老婆や、赤ん坊を抱いた女が腰掛けていた。弱々しい太陽の光を、みんなひっそりと浴びていた。

「この公園には、よくいらっしゃるんですか」

隣の男に声を掛けたのは、私にとって特別なことだった。

「いいえ。ごくたまに……」

男は読みかけの文庫本から視線を上げ、警戒心のない、親しみに満ちた表情で答えた。

「つい三ヵ月ほど前に、引っ越してきたばかりなんです」

「そうですか」

私は足元に積もった落葉を靴の先でつついた。見知らぬ人に、用もないのに話し掛けるなんて、生まれて初めてだった。私はひどく用心深い性格だし、どんな時でも静かにしているのを好んだ。

「それ、おもしろいですか？」

なのにその時、私は長年の自分のしきたりを破った。大げさな問題ではない。ほんのちょっとした冒険心、悪戯《いたずら》ごころだった。今ならそれが許されるだろうと思った。なぜなら男の読んでいたのが、私の小説だったからだ。

「僕にとって、一番大事な小説です」

と、男は答えた。

「何度も何度も読み返すんです。途中でページをめくるのがもったいなくなって、淋《さび》しい気分になります」

男は膝《ひざ》の上で文庫本を閉じ、表紙を撫《な》でた。私はどう答えていいか分からず、あいまいに笑みを返した。

「残り少なくなると、一ページ一ページなめるように読んでゆきます。本当に言葉の感触が、舌から伝わってくるのです」

男は身体をこちらに向け、真っすぐ私を見つめた。唇はひび割れ、鼻の頭はすりむけて赤くなっていた。おでこには吹出物の潰《つぶ》れた跡がいくつも散らばっていた。

「もちろんデビュー作から全部を揃えています。新しい本が出るのを、毎日心待ちにしているんです。どこかの街角で書店を見つけると、素通りできません。自分の愛する小説たちがちゃんと並んでいるか、丁寧な扱いを受けているか、確かめないではいられないのです。たまに一冊の本も置いていない書店があります。するとたちまち落ち着きがなくなって、動悸《どうき》がして、怒りさえわいてきます。誰かに手ひどく裏切られたような、足蹴《あしげ》にされたような感じです」

男は一息に喋《しゃべ》り、唾《つば》を飲み込んでからまた話しだした。

「僕はいろいろな場所で本を読むのが好きなんです。公園のベンチで、食卓で、教会で、電話ボックスで、バスルームで、下駄《げた》箱の上で、クローゼットの中で、カーテンの陰で……。だから、いつどんな時でもすぐさま本が取り出せるよう、ポケットのいっぱいついた洋服を着て、そこに本を詰め込んで歩いているというわけです。おかげで身体が重くて、バランスを取るのが少し難しいんですけれど……。ほら、こんな具合です」

男はコートの前をはだけた。内側にはほとんどすき間なくびっしりポケットが縫い付けられ、それぞれに私の本が納まっていた。ぼろぎれをつなぎ合わせて作ったらしいポケットは、縫い目が不揃いで、所々ほつれかけていた。それでも私の書いた本たちは、与えられた寝床におとなしく横たわっていた。

「すてきなコートですわね。ええ、とてもいいアイデア。……それじゃあ、そろそろ失礼し……」

「コートだけじゃありません」

私の言葉を途中でさえぎるように、男は一段と声を大きくし、セーターをまくり上げたり中腰になってズボンの後ろを見せたりしながら、どれほど苦心してあちこちにポケットを取り付けたかについて語った。

どこかに話の切れ目を見つけて立ち去ろうと思うのに、男は休みなく喋り続け、ほとんど息さえしていないように見えた。ひび割れてかさぶたの出来た唇から吐き出される言葉たちは、大変な勢いで増殖し、もうほとんど収拾がつかなくなっていた。

まわりのベンチの人たちは、相変わらず日光浴を楽しんでいた。私の隣で不意に発生したこの出来事を、気に留めている人は誰もいなかった。

やがてかさぶたがはがれ、血がにじんできた。私の書いた言葉を味わうというその舌で、男は唇をなめた。

「僕がどうしてこんなにもこの小説にひかれるのか」

一瞬だけ間が訪れた。いつしか男はコートのボタンを留め、私から視線を外し、膝の上の文庫本を見つめていた。

「それはここに、僕のことが書かれているからです」

男は猫背で二重顎《あご》だった。髪は縮れて無造作に伸びているが、てっぺんは禿《は》げて地肌がのぞいていた。背は低く、小太りで、お腹が出ていた。洋服はどれも時代遅れの安物だった。もっとも、アンバランスに付け加えられたポケットのせいで、そう見えただけかもしれない。

「あなたの小説には、必ず僕が登場します。これに出てくる外科医も、主人公を裏切る美少年も、酒飲みの運転手も、みんな僕のイメージを核にして作り上げられた人物です。あなたは僕がいないと、一篇の小説さえ書けないのです」

男は今、あなたと言った。あなた、と言って私を指差した。

私の手はますますかじかんで、震えていた。どうして見知らぬ男に声など掛けたのか、後悔していた。自分が作者だとは打ち明けずに、小説について二言三言会話を交わして、それで十分なはずだった。なのに気づいた時はすべてが手遅れだった。事態はいびつな形に膨らんで、どこをどう修正したら元へ戻るのか、見当もつかない。

自分の小説を読んでいる人物を発見したからと言って、無邪気に喜んだのがいけないのだ。浮かれてはしゃいだりするから、取り返しがつかなくなるのだ。私はため息をついた。

「なぜなら、僕はあなたの弟だからです」

お構いなしに男は繰り返した。

「僕はあなたの弟です」


その日以来、公園には近寄らないようにした。駅で似た雰囲気の後ろ姿を見つけるたび、柱の陰に隠れた。油断しているとどこからか、身体中に本を縫い付けた男が、ふらふらと現われそうで落ち着かなかった。

元々はタオルかランニングシャツか枕カバーだったらしい数々のポケット、ずんぐりとしたお腹、禿げた頭、切れ目なく流れ続ける声……。そうしたものたちが私の身体のあちこちに巣食っているのだった。

一週間ほどして男から手紙が届いた。差出人の名前は書いていなかったが、すぐにあの男だと分かった。

私がかつて受け取ったなかで、最も長い手紙だった。あまりにも見事な長さのために、それ以外の要素がすべて意味を失ってしまったような手紙だった。

集計用紙三十三枚にわたり、青色のボールペンでびっしり書き連ねてあった。一文字の書き損じも、一ミリの余白もなく、そこには徹底した規則が貫かれていた。できるだけたくさんの文章を詰め込むため、文字はそれぞれに独自の進化を遂げており、あるものはハネの角度が極端に鋭角になり、あるものは偏とつくりが限界まで密着し合って、独特な形を作り上げていた。その形は、男の額に散らばっていた、潰れた吹出物を思い出させた。

私も一度は手紙を読もうと試みた。しかしそんな努力は何の役にも立たなかった。意味が読み取れたのは最初の一行、

「おかわりございませんか」

これだけだった。

もっと正確に言えば、一行一行の文章はどれも筋が通っていて意味があるのに、それらをつなぎ合わせて読むと途端に輪郭がぼやけてくる。言葉たちが好き勝手な主張をしはじ

め、不協和音が響く。神経を集中させ、主旋律を聞き取ろうとしても、ただ不快な耳鳴りがするだけだった。

やがて私は、一つの発見をした。三十三枚の集計用紙に書き記された文章は、すべて私の小説から引用したものだった。あらゆる作品のあらゆる箇所から抜き出された私の文章が、男の編み出した字体に姿を変えて、目の前に連なっていた。

私は手紙を流し台に放り込み、マッチで火を点《つ》けて燃やした。

「あなたの誤解だと、思いますけど……」

ようやく私が口を挟んだ時、意外にも男は足を組み替え、耳を傾ける仕草をした。

「あなたは私より、うんと年上だわ」

「歳は関係ありません。だいいちあなたは、僕が何歳なのか、知らないでしょ？」

男はコートのベルトを結んだり解いたりしながら喋った。

「ええ、もちろん。知る必要もないでしょう。ただ、弟ではない、その事実だけははっきりさせておいた方がいいと思うんです」

「ずいぶん頑《かたく》ななんですね」

「困惑しているだけです」

「あなたを困らせているとしたら、とても心外です。謝ります。でもどうか忘れないで下さい。僕はあなたの……」

「いいえ、違います。私の弟は死にました。二十一で死んだんです」

「そうかもしれません。けれど僕はここにいます。こうしてちゃんと、あなたの目の前に存在しています」

いつまで待っても会話を打ち切るタイミングなど訪れないと悟り、私はとにかく立ち上がって、まだ何か言い足りなさそうに口を半開きにしている男の許《もと》から、無言で走り去った。

いくらか日は傾き、雑木林の影が長く延びていた。水溜《みずた》まりの氷が足元で割れた。男が追い掛けてきはしないかと、公衆トイレの脇で一度だけ振り返った。

男は背中を丸め、ベルトをいじくっていた。もう少しどこかを工夫すれば、もっと美しい形に結べるはずなのに、とでもいうように、落ち着きなく指を動かしていた。

私が本当に心の底から待ち望んでいる手紙は、なかなか到着しなかった。それはワルシャワかベルリンかアムステルダムから、航空便で届くはずだった。

「お願いだから、きちんとしたスケジュールを教えてちょうだい」

スーツケースの整理をしている彼の背中に向かって、私は言った。

外側は傷だらけなのに、中は驚くほど機能的に整頓《せいとん》されたスーツケースだ。どんなわずかな空間にも、そこにふさわしい品物が納められている。蝶《ちょう》ネクタイ、睡眠薬、カセットテープ、オードトワレ、指揮棒。

「そんなことは後回しにして、いつ、どこの街の、どのホテルにあなたがいるのか、私に教えて」

ようやく彼はスーツケースから視線を上げ、近くにころがっていた薬局の紙袋を破り、その裏に走り書きした。

「手紙を出すよ」

そう言い足して、また荷物を詰めるのに没頭した。

薬局の紙袋は皺《しわ》くちゃで、消毒液の匂いがした。彼の書いたアルファベットの続き文字は、難解な暗号のように読みづらかった。それを解読している間だけ、待つ時間を忘れることができた。

私は地図を広げ、彼がいる街を探した。一度も私が行ったことのない、遠い街だった。オーケストラを指揮する彼の姿を思い浮かべた。金管楽器のきらめき、薄暗い客席、磨き込まれた舞台、宙に吊《つる》された集音マイク。どんな細かい部分でもよみがえらせることができた。なのに彼が私に見せるのは、後ろ姿だけだ。

郵便受けをのぞくのが、一日のうちで一番重要な仕事になった。鍵《かぎ》を回し、扉を開き、目をつぶって祈りを捧《ささ》げながら、そろそろと右手をのばす。指先に触れるのは、冷たい郵便受けの底か、薄っぺらなダイレクトメールか、偽者の弟からの手紙だ。

二回目、男に会ったのは、図書館の閲覧室だった。

「手紙、読んでくれましたか」

男は両手に一杯の本を抱えていた。ちらっと見ただけで、全部私の小説だと分かった。

「ええ……」

私は読みかけの本を閉じ、書架へ戻すため立ち上がった。

「ありがとうございます。徹夜で書いたんです」

男は私の後ろをついてきた。

公園で会った時と同じコートをはおり、首に焦茶色のマフラーをくりつけていた。唇のかさぶたは治っていたが、額の吹出物は数が増えていた。私は早足に書架の間をすり抜けていった。

「今度新作が出るのはいつなんでしょう。楽しみに待っているんです。そうしたらまた手紙も新しく書き直さなくちゃ」

両手に本を抱えているうえに、身体中ポケットだらけの洋服を着ているせいで、男はよたよたしていた。何度も書架の角にぶつかったり、つんのめりそうになったりして、そのたびに奇妙な声を漏らした。

構わず私は図書館を出て、駐車場を横切った。けれど男はあきらめず、どこまでも追い掛けてきた。

「その本、黙って持ち出してもいいんですか」

駐車場の入り口にある、花壇のところでとうとう根負けし、私は立ち止まった。

「ええ、ご心配には及びません。もう貸し出し手続きはすませましたから」

男は肩で息をしながら微笑《ほほえ》んだ。

「私の本は全部持っているのに、どうしてまた借りたりするんです？」

「保管されている場所によって、同じ本でもたたずまいが違ってくるのです。その場の空気、雑音、光、匂いを吸い込んで、本は独自の発酵をするんです。だからこうして何度でも、あなたの本を借りるのです」

男は自慢げにそう言うと、花壇の縁に腰掛け、膝《ひざ》の上で本を並べ直した。自分の小説がそうやって大事に扱われているさまを、私は黙って見下ろしていた。


男が私の夫や父親だと名乗っていたら、もっと冷酷に切り捨てていただろう。警察に逃げ込んで助けを求めたかもしれない。しかし男は、弟だと言った。間違いなく、弟だと。真夜中、紙袋の走り書きを眺めながら、もし男が、本当に弟だったら……と、思う瞬間がある。ばかばかしくて苦笑してしまうのに、なぜかその思いをきっぱり拭《ぬぐ》い去ることができない。

猫背で、短足で、皮膚病で、読書家の弟。独自の筆跡を持つ、几帳面《きちようめん》な手紙魔。不器用なのにポケット作りが趣味の、お喋《しやべ》り好き……。そんな男が私の兄弟として、この世に存在している。

その想像は予想していたほどひどくはなかった。むしろ平和でさえあった。退屈して上目遣いに私を見つめる、アポロのように平和だった。

もし何か不都合があるとしたら、悪いのは男ではなく、自分の方だという気がした。私さえ声を掛けなかったら、読書に疲れた彼はやがて本を閉じ、こめかみをマッサージし、コートのベルトを結んでから無言で遠ざかっていっただろう。私たちは視線を合わせることもなく、離れ離れになって、それぞれの場所で静かに姉弟としての存在を全うできたはずだ。

手紙を燃やしたのも男が疎ましかったからではない。恋人からの便りが届かないいまいましさを、見当違いのものにぶつけただけの話だ。

三十三枚の集計用紙は長い時間燃え続けた。青いボールペンに特別な薬品が含まれているのかと思うくらい、美しい炎が立ち上った。言葉たちは次々と炎に姿を変え、火の粉を散らし、闇《やみ》を照らした。

「もうポケットは一杯なんですか」

私は尋ねた。

「とんでもない」

男は首を横に振った。

「見くびってもらっては困ります」

セーターの背中、ワイシャツの脇、ズボンの裾《すそ》、彼は身体をくねらせながら、図書館の本を身体中に納めていった。

「ほら、この通り」

そして花壇の縁に立ち、得意そうに一回転してみせた。あちこちが不自然に膨らんで、男の輪郭はますますアンバランスになった。

「これでもう、いつあなたの小説が読みたくなっても心配いりません。自由自在に取り出せます」

「そのようですね」

「ほっとしたところで、歌でも歌いませんか」

「歌？　どうしてです？」

「たっぷり小説を確保できて、気分がいいからですよ」

「私はここで失礼します」

「どうか遠慮しないで下さい。僕から一曲プレゼントします。何がいいだろう……そう、

『エーデルワイス』がいい。六月の花だ。あなたのお誕生日の月だ」

「いいえ、そんな、困り……」

もう既に、歌ははじまっていた。男は目を半分つむり、両手を広げ、肩を揺らしながら歌った。あまりにも大げさに揺れるので、花壇の縁から転げるのではと心配になった。


その夜私は植物図鑑を引っ張り出し、エーデルワイスが載ったページを広げてみた。

たぶんアルプスの高原なのだろう。緑の波が空の果てまでも続き、その向こうに雪に覆われた頂がそそり立っている。麓《ふもと》には石造りの山小屋と、カウベルをぶら下げた牧牛が見える。空は目が痛いくらいに青い。

エーデルワイスは恥ずかしそうに、申し訳なさそうに、岩陰で咲いている。ほんの少し風が吹くだけで、茎を覆う産毛と、薄っぺらな花びらがそよぐ。

私も弟も、そしておそらく偽の弟だって訪れたことのないどこか遠くの高原で、初夏の早朝、誰にも気づかれずにそっとエーデルワイスが咲く。霧は流れ去り、空気は澄み渡る。かげりも痛みも不愉快も疑いもない。

やがてエーデルワイスの歌が響きはじめる。歌っているのは本当の弟だろうか。それとも偽者だろうか。よく分からない。どちらでも同じだという気がする。とにかく、おとうとの声なのだ。

その響きに合わせるように、風が舞い上がり、カウベルが鳴る。エーデルワイスは一層か細く震える。

いつどんな場所にも、男はついてくるようになった。美容院にも、出版社にも、画廊にも、電気屋にも。

ふと視線を上げると、必ずそこに男はたたずんでいた。人影に半分隠れていることもあれば、街路樹にもたれていることもあった。

まるで私の視界に貼りついた、シールの切れ端みたいだった。どうにかしてはがそうと思うのに、躍起になればなるほど接着剤が黒ずんで、べったり貼りついてしまう。

けれど必要以上に近づいて身体に触れたり、やたらと話し掛けて私の用事を邪魔したりはしなかった。彼には彼なりの節度というものがあるようだった。いずれにしても、男の格好は相変わらずだった。全身本だらけで、その重みを支えるために、ちょっとした仕草でもぎこちなく痛々しく見えた。

冷たい雨が降り続き、今にもそれがみぞれに変わりそうな夕暮れだった。私はスーパーの買物袋を両手に提げ、傘をさし、手首にはアポロのリードを巻き付けて歩いていた。数歩後ろから男がつけて来ているのにはすぐ気づいた。マフラーを頭にかぶり、コートの衿《えり》を合わせながら、私の隣に並ぼうとしたり、思い直してあとずさりしたり、落ち着きなく動き回っていた。

「お持ちしますよ」

ようやく決心したというふうに、男は私の前に回り込み、買物袋に手をのばした。すっかり濡《ぬ》れて指先からしずくが垂れていた。男はコートの脇で両手を拭ったが、たいして用はなさなかった。

「いいえ、結構です」

私は歩くスピードを上げた。アポロが振り返ろうとしたが、リードを引っ張ってやめさせた。

「遠慮などなさらないで下さい」

男はあきらめず追ってきて、袋か傘かアポロか、何か一つでも自分で持とうとした。マフラーからはみ出た髪はもつれ、額の吹出物は濡れて一層赤味を帯びて見えた。

「お手伝いいたしますよ。ほら、僕は手ぶらなんですから。雨もひどくなってきましたし。さあ、どうぞ——」

「やめて下さい」

私が腕を振り払った瞬間、人の波にぶつかって、男は短い叫び声を漏らしながら歩道に倒れ込んだ。水しぶきが上がり、コートはドロドロに汚れ、ポケットからこぼれた本があたりに散らばった。

ある本は水溜《みずた》まりに浸かり、ある本は人々に踏まれた。

コートの泥を拭《ぬぐ》うのも忘れ、大慌てで男は本を拾い集めようとしたが、通行人に邪魔されおろおろしている間に、どんどん本は傷ついていった。誰もが皆、関わり合いになるのを恐れるように、男を一瞬見下ろしてから足早に去って行った。

私はただ傍らに立ちすくんでいるだけだった。男に手を差し伸べもしなかったし、自分の本を救い出そうともしなかった。アポロは私の足元に座り、買物袋をなめていた。

男は一冊一冊本を拾い上げ、泥を払い、コートの袖口《そでぐち》で雨を拭《ふ》き取ってからまたポケットに納めていった。寒さのためか、痛みのせいなのか、両足は歩道にだらんと投げ出されたままで、手は小刻みに震えていた。

「ちぇっ」

スーツ姿のサラリーマンが舌打ちしながら一冊本を蹴飛《けと》ばした。水泳選手の弟について書いた、私のデビュー作だった。それは車道の縁にたまった、ゴミの中に埋もれた。男は枯葉やハンバーガーの袋や煙草の吸い殻を払い除《の》け、それが私の弟そのものであるかのように、胸に抱き寄せた。

「さあ、行きましょう、アポロ」

私はリードを引っ張った。男から逃げるためではなく、このままそこにじっとしていたら、本当に弟が目の前に倒れていると錯覚してしまいそうで、辛《つら》かったからだ。

とうとう一通の手紙も来ないまま、ヨーロッパツアーは終わってしまい、恋人は奥さんの許《もと》へ帰っていった。何度かホテルへ電話しようとしたが、最後まで番号を押すことができなかった。

もしつながったとして、何の話をすればいいのだろう。約束が違うと言って怒るのか、甘えてすねてみせるのか。

薬局の袋は数えきれないくらい何度も畳んだり広げたりしたせいで、ますます皺《しわ》だらけになっていた。死にかけた子猫のように、机の端にぐったりと横たわっていた。

彼が自宅に帰ってしまったら、私からはもう連絡が取れない。彼は奥さんに知られることを何よりも恐れている。私を愛する気持よりもずっと強い恐怖にとらわれ、それから逃れるためなら、平気で私を傷つけることができる。私が贈るサイン本にカバーを掛け、決して外そうとしないそのかたくなさで。愛し合ったあと、洗面所でひたすらに歯を磨く、その後ろ姿で。


その日私は予約の時間に遅れないよう、朝早めに家を出た。春の訪れる気配はまだどこにもなく、街のあちこちにしみ込む寒さが、私を凍えさせた。

「いつまで私に付きまとうつもりですか」

駅へ向かう途中で、私は男に詰め寄った。そんな言葉を繰り返しても、男に通じはしないとよく分かっていながら、その時はどうしても我慢できなかった。

「付きまとってなどいやしません。ただ近くに居たいだけです」

「いい加減にして下さい」

「どうぞ怒らないで。ご迷惑はお掛けしません。だいいち僕がいなければ、新しい小説が書けないじゃありませんか。遠慮なさらずに、どんどん僕の中身を吸い取って、物語にして下さい」

吸い取り口がそこにあるかのように、男は胸を突き出した。

あの日の傷跡だろうか、掌に絆創膏《ばんそうこう》が貼ってあった。血がにじみ、埃《ほこり》を吸い込んですっかり不潔になった絆創膏だった。

「お願いだから、今日は帰って。今日だけは私の目の前から消え失《う》せて下さい」

「心配には及びません。僕がそばに居たからって、何の不都合が起こるっていうんです。だってそうでしょう。僕たちは姉弟なんですから」

いつでもこうなのだ。自分が弟であることが、この世のすべての問題を解決してくれると思い込んでいる。

私は駅まで休まずに走った。階段を駈《か》け登り、閉まりかけたドアに飛び乗って、電車の中ではずっと眠った振りをしていた。男の姿を視界に入れないことだけに神経を集中させ、これから向かう場所で自分がどんな扱いを受けるかについて、思いを巡らせてみようともしなかった。

けれど男の気配は消えずにそこにあった。打ち消そうとしてもいつの間にかあたりを漂い、私の皮膚からそっと忍び込んできた。

初めて訪ねる場所なのに、地図を取り出してゆっくり確かめもしなかったのに、私は迷わずそこへたどり着くことができた。診察室のドアを開けた時、まだ息が切れて苦しかった。


駅のホームは風が吹きつけて寒かった。私はベンチに腰掛け、行き過ぎる人々をぼんやりと眺めていた。男は隣で背中を丸め、手持ち無沙汰《ぶさた》な様子で爪《つめ》をかんだり、足をぶらぶらさせたりしていた。急行電車が走り抜け、一段と冷たい風が二人の足元に舞い上がった。

診察を終えて病院を出た時、男はガードレールにもたれ掛かり、本を読んでいた。往来の激しい道路の向こうに、私はたやすく男を見つけることができた。赤くかじかんだ耳たぶで、彼が長い時間ずっとそこで私を待っていたのだと分かった。

老いた医者、忙しそうな看護婦、お腹の大きい幾人もの女たち、無表情な薬剤師、化粧の濃い会計係……。大勢の見ず知らずの人々が私のお腹を一瞥《いちべつ》した。この女は妊娠しているのか、いないのか。ベルトコンベヤーの前で不良品をチェックする、検査技師のように、無遠慮な視線で。

私に気づくと男は手を振った。読みかけの本を閉じ、目を見開いて本当に私かどうか確かめてから、勢い良く合図を送ってきた。自分がちゃんとここに居ることを知らせるのが、今は何より大事なのだとでも言いたげな、確信に満ちた笑顔だった。

電車が一台到着し、扉が開閉し、また走り去っていった。私はそのまま動かないでいた。

「寒くありませんか」

男は首に巻いていたマフラーを外し、ぎこちなく私の膝《ひざ》に掛けた。男の体温が染みついて、暖かかった。

転んだ時打ったらしく、顎《あご》のあたりが青痣《あおあざ》になって腫《は》れ上がっていた。そのためにただでさえアンバランスな身体の輪郭が、余計危うげに見えた。

「好きなだけ本を読んで、構わないんですよ」

マフラーのお礼を素直に口にすることができず、私はそう言った。男はうなずき、コートの紐《ひも》を解いてセーターをまくり上げ、カッターシャツのお腹に縫い付けたポケットから一冊本を取り出した。初めて小さな文学賞を受賞した長編小説だった。海辺のホテルの娘と、ロシア語の翻訳家が恋をする物語だ。

あの日歩道に投げ出されたせいで、表紙は泥で汚れ、雨を吸い込んだページは歪《ゆが》んでいた。男は一度ページを掌で延ばしてから、続きを読みはじめた。

「さあ、ここに結果が出てきます」

そう言って医者は、シャーレのような平たい器を目の前に差し出した。中には私の尿に浸された、丸いブルーの検査紙が浮かんでいた。

どういうふうにしてそこに結果が出るのか分からないまま、私は検査紙に視線を落とした。医者はシャーレを机の上に載せ、ただじっと黙っていた。

「プラスですね」

不意に医者は口を開いた。確かに、いつしかブルーの色は溶け出し、検査紙の真ん中に大きくプラスの文字が浮き出していた。

「妊娠です」

丁寧にも医者は念を押した。

まるであぶり出しのようだ、と私は思った。子供の頃よく弟と一緒に遊んだ。ミカンの搾り汁を筆につけ、半紙に書いて競争で解読するのだ。私はわざと弟の知らない漢字ばかりを書いた。ストーブであぶってもあぶっても解読できない弟は、やけを起こしてとうとう半紙に火をつけてしまった。

あの時の半紙は弟の手の中で、彼の行く末を暗示するように、呆気《あっけ》なく灰になった。何台か電車が到着し、また発車していった。男は本を読み耽《ふけ》り、私はマフラーの中に両手を埋《うず》めていた。

誰も私たちを振り返らなかった。恋人も弟も、遠くの世界へ行ったきり戻って来ない。私のそばに居てくれるのは、名前も素性も知らない、不細工な男ただ一人きりだ。そのことに間違いはなかった。確かに私は、男のマフラーで身体を暖めている。

改めてよく眺めてみれば、男は本を読む姿がとてもよく似合っていた。あまりにも長い時間その格好でいるために、身体がふさわしい変形を起こしたかのようだった。

背中は視線を落とすのにちょうどいい角度で曲がっているし、出っ張ったお腹は本を支えるのに役立っている。指はページをめくりやすいよう先が潰《つぶ》れているし、腰回りはどんなにたくさんの本をまとってもくだけないくらいに太い。瞳は眼病で濁っているけれど、物語の世界にやすやすと入り込み、どんなささやかな言葉のニュアンスさえ読み取ってしまう。

家に帰るため私たちが電車に乗ったのは、日も暮れかかった頃だった。男が最後まで本を読み終え、カッターシャツのポケットにそれをしまったのが合図だった。結局ロシア語の翻訳家は、フェリーから海に飛び込んで水死してしまう。

途中で私は甘栗《あまぐり》を買い、男に差し出した。

「マフラーのお礼です」

最初は驚いて遠慮していたが、やがて素直に受け取ると、コートの袖口《そでぐち》にあるポケットにしまった。

「空いたポケットがあったんですね」

「ええ」

ふくらんだ袖口を男は撫《な》でた。

「ああ、何ていい匂いなんだろう……。いつあなたの新しい小説が発表になってもいいよう、ちゃんと一つポケットを空けてあるんです」

男は答えた。

商店街を抜け、家が近づいてくる頃には、街灯に明かりがともりはじめ、風はますます冷たくなっていた。私はうつむき、自分の靴の先だけを見つめて歩いた。

男はどこへ帰るのだろう。コートを脱ぎ、ポケットを全部空っぽにし、軽くなった身体を横たえることのできる部屋が、どこかにあるというのだろうか。

耳元で休みなく風の音がしていた。そのすき間を、聞き慣れた男の足音が漂っていた。振り返らなくても、私は男の姿をありありと感じ取ることができた。絶えずその気配にさらされていたからだろう。自分の身体の一部であるかのような気さえするほどだ。

男は心持ち左足を引きずっている。時折もつれた髪をうっとうしそうに撫で付けながら、ついでに吹出物をかきむしる。私が角を曲がると、見失わないようにスピードを上げるが、そのたびにどこかのポケットから本がこぼれ落ちそうになって、慌てて掌で押さえ付ける。そして袖口を胸に当て、甘栗がそこにちゃんとあるかどうか確かめる。

男に本当のお姉さんはいるのだろうか。誰に非難されることもなく、思う存分弟として振る舞える時間を、彼は持っているだろうか。そうあってほしいと願う。だって彼ほど完全で、正々堂々とした弟は、この世に他にいないと思うから。

最後の角を曲がったところで、私は振り返った。男の姿はもうなかった。街灯がぼんやりアスファルトを照らしているだけだった。

男が私から去って行ったと気づいたのは、もうすっかり春になってからのことだった。

二ヵ月近く、私は悪阻《つわり》のせいでほとんど外に出られなかった。どうにかアポロの散歩だけはこなしたが、あとは、毎日ベッドに潜り込んでいた。

ようやく悪阻がおさまって、久しぶりに外の空気を吸った時、何もかもが以前とは違っているのを感じた。風は暖かくなっているし、私のお腹は誤魔化しきれないくらいに膨らんでいるし、甘栗の屋台は閉まっている。

私はあたりを見回し、いつもの気配を探したが、足を引きずる靴音も、歪んだ影も、私を求める視線も、すべてが消えていた。現われた時と同様、不意打ちの消滅だった。思い違いかもしれない。私は深呼吸し、もう一度注意深く観察した。しかし結果は同じだった。世界は春で、私は一人きりだった。

それから数日たったある日の真夜中、私は聞き慣れない音で目をさました。小鳥があえぐような、ゼンマイがねじれるような音。

何が起こったのかきちんと見極めようとして、私はベッドの中で身体を丸め、耳を澄ました。人を不愉快にさせる音ではなかったが、止まる気配はなく、しかもすぐ近くで響いていた。

やがて私は理解した。エーデルワイスだった。

私は本箱の引き出しを開けた。手紙の束の一番下に、祝電が一通しまってあった。少女と翻訳家の物語が賞を取った時、恋人が演奏旅行先から送ってくれたメロディー付きの電報だった。

『オメデトウ。アイスルキミノマスマスノヒヤクヲイノリマス』

それが壊れかけ、開けてもいないのに、繰り返しエーデルワイスを奏でていた。か弱く、途切れ途切れで、今にも消え入りそうなのに、いつまでも鳴り止まないエーデルワイスだった。

涙《るい》腺《せん》水晶結石症

アポロが病気になった。普段なら一番に起きだし、ベッドの下をクンクンかぎ回って、私たちが目覚めるのを待ちわびるのに、その日はじっと寝床に丸まったきり動こうとしなかった。

最初のうちは、昨日久しぶりに河原を走って疲れたのだろうなどと、気楽に考えていた。息子にミルクを飲ませながら何度か名前を呼んでみたが、垂れた耳をぴくりとさせるだけだった。

それでもドッグフードを用意してやる頃になると、寝床を抜け出し、私の足元に伏せをして、食べてよしの合図を待つ体勢に入った。ところが何度「よし」と言っても、食べようとしない。いかにも大儀そうに立ち上がり、器の縁に鼻を近付けるだけで、すぐにまたうずくまってしまう。

ようやく私も普通ではないと気づいた。アポロが食事に口をつけないなんて、かつて一度もないことだった。

「いったい、どうしちゃったの」

私はアポロの背中を撫《な》でた。少し熱っぽい気がした。舌と歯茎はきれいなピンク色をし、鼻も適度に濡《ぬ》れていたが、息遣いはいかにも苦しそうで、目蓋《まぶた》は半ば閉じられたままだった。その重い目蓋の奥から、申し訳なさそうな目でこちらを見やった。

不意に、喉《のど》を鳴らしてアポロが何かを吐き出した。唾液《だえき》と胃液が混ざり合った、白く不透明な泡の塊だった。孵化《ふか》しかけた両棲類《りょうせいるい》の卵のように、泡は次々と弾《はじ》け、形を変えながら床にどろりと広がっていった。それに向かって息子がハイハイしてきたので、私は彼を抱き上げた。こんな失態をしでかして、もう居たたまれないとでもいうように、アポロはますます小さく身体を丸めた。

祝日で動物病院はどこも休みだった。毎年フィラリアの薬をもらっている掛り付けの病院に電話してみたが、誰も出なかった。

電話帳を開き、近そうなところから順番に掛けていった。本日休診を知らせるテープが流れるか、あるいはただ呼出音が鳴り続けるだけだった。

ベビーサークルに入れられた息子は、アポロと一緒に遊びたいと言って柵《さく》を揺らした。

朝ご飯のあとは、ベランダに出てじゃれ合うのが彼らの日課だった。息子の誘いに応《こた》えようとしたのか、アポロは何度か呻《うめ》きともため息ともつかない声を漏らした。

やっとつながったのは、隣町にある『スフィンクスペットクリニック』という名の病院だった。

「ラブラドールは何でも口に入れますから、吐くなんて珍しくもありませんよ」

電話口に出たのは無愛想な若い女だった。

「いいえ、そんなんじゃないと思います。ひどくぐったりして、弱っているんです」

女が受話器をイライラと爪で引っ掻《か》いているのが聞こえた。

「十二時までに連れてきて下さいね。先生は十二時にお出かけになりますから。十二時までです」

何か重大な宣言をするように、女はその数字を三度繰り返してから電話を切った。

息子はもう我慢できないといった様子で、ベビーサークルに体当たりしていた。アポロは舌を垂らしたり、前脚に頭をこすり付けたり、しっぽを震わせたりした。白い泡はまだ静かに弾け続けていた。

スフィンクスという名の動物病院まで、アポロは歩いて行けるだろうか。その問題に気づいたのは、あるだけ全部のお金を集め、診療代に足りるか数えている時だった。四十キロ近くあるアポロを抱きかかえるのはとても無理だし、おそらくタクシーには乗せてもらえないだろう。そのうえ、雨まで降りだしていた。

「大丈夫よ。すぐに治してあげるわ」

私は首輪にリードを取り付け、軽く引っ張ってみた。するとよろよろしながらも何とか立ち上がった。そして小首を傾げ、左右の眉《まゆ》を互い違いに上下させた。それは私が喜んでいるかどうか確かめる時に、いつも見せる表情だった。

息子のおむつを替え、ベビーカーにビニールカバーをかぶせ、自分はレインコートをはおって、とにかく出発することにした。

「さあ、行くわよ」

アポロはリードの金具をカチリと鳴らし、息子はカタツムリの縫いぐるみによだれを垂らした。

思ったより雨はひどかった。すぐにブーツの中は水浸しになり、レインコートは重く身体に張りついてきた。試しにタクシーを拾おうとしてみたが、一台も停まってくれなかった。

アポロは私の左側、ベビーカーの斜め後ろに寄り添って、懸命に歩いた。「ご心配にはおよびません」という合図を送るかのように、時折こちらを見上げた。けれどどんなに取り繕おうとしても具合の悪さは隠しようがなく、うな垂れて脚を引きずる姿は、不吉な雰囲気を漂わせていた。

住宅街を抜け、工業高校のグラウンドと公民館の間の角を曲がって大通りに出る頃には、雨はますます激しくなっていた。この道を真っすぐ隣町まで進めば、動物病院へたどり着けるはずだったが、あまりにもひどい雨のせいで、通りの向こうがどうなっているのか何も見えなかった。

脂を含んで水を弾くはずのアポロの毛も、さすがに濡れて色が濃くなってきた。息子はビニールカバーに流れる水滴を、指でなぞって遊んでいた。

車が通り過ぎるたび、しぶきが降り掛かった。どこにも人影はなかった。街路樹もガードレールもベビーカーの車輪もリードもアポロの尻尾《しっぽ》も私の両手も、あらゆるものすべてが濡れていた。

あたりは霞《かす》んでぼんやりしていた。クラクションや踏切の警報機の音が聞こえたと思っても、すぐに雨音にかき消されてしまった。私はリードを握り直し、カバーからはみ出した息子の足を奥へ押し込めた。レインコートは意地の悪い拷問器具のように、身体をじわじわと締め付けてきた。歩いても歩いても、私たちを支配しているのは、ただ雨だけだった。

私たちは一つに寄り添っていた。こんな時でもアポロは子犬の頃に訓練されたとおり、私の爪先《つまさき》を追い越さない歩き方を守っていたし、私はできるだけ手前にベビーカーを引き寄せた。身体をくっつけ合っていること、それが今は一番重要なのだと思った。それ以外に、雨の支配から逃れる方法を思いつかなかった。

この世界に、私たちだけが取り残されたような気がした。十ヵ月の赤ん坊と、牡《おす》のラブラドールと、そして自分と。

ほかの人々は残らず皆、どこか遠い場所へ旅立っていったのではないだろうか。私たちには内緒で、さよならも告げず、大事な荷物だけ持って。

ずっと昔から、そう決まっていたのかもしれない。誰も教えてくれなかったから、私たちだけが置き去りにされたのだ。

不思議なくらい、この想像は私を辛《つら》くさせなかった。孤独にも陥らなかったし、絶望もしなかった。むしろ反対に安らかな気分にさえなれた。私たちを邪魔する人は誰もいない。冷たくなった両手は、アポロの頬が温めてくれる。

私は腕時計を見た。文字盤もびしょ濡れだった。十二時まで、あと四十五分だった。

初めてもらった本の印税で真珠のネックレスを買おうと思い立ち、一日中歩き回って宝石店を探したのにしっくりくる品が見つからず、歩き疲れてバス停のベンチに腰掛けると、真正面にペットショップがあった。私は真珠の代わりにアポロを買った。生後三十八日だった。

ついさっき繁殖家のところから連れて来られたばかりだという子犬たちは、ケージの片隅で毛糸玉のように一塊になっていた。長旅に疲れ皆眠り込んでいるなかで、一匹だけが私に気づき、塊からむくむくと這《は》い出してきた。

薄茶色の毛に西日が当たり、思わず触れないではいられないほど綺麗《きれい》に光っていた。前脚の脇から背中にかけては、三日月模様の白い毛が混じっていた。黒い鼻は興味津々《しんしん》といった様子で絶えずヒクヒク動き、小さいながらもりりしい尾は、気高く上を向いていた。

私は柵《さく》の間から指を滑り込ませた。子犬はこちらをじっと見つめた。今にもその瞳《ひとみ》がガラス玉のように私の掌に転げ落ちてくるのではないかと思うくらい、瞬《まばた》きもせず、一心に見つめた。

力が弱いせいか、下に敷いた新聞紙が滑るのか、後ろ脚が踏ん張りきれずに尻餅《しりもち》をついてもまだ、視線を外そうとしなかった。この人は誰だろう。どこかできっと会ったことのある人だ。そう、思案を巡らせているかのようだった。

家を訪ねて来た人は誰でも、編集者もセールスマンも集金人も、アポロを愛した。私を愛さない人でも、アポロだけは愛した。

なのに息子の父親だけが例外だった。彼は結局私たち全員に背を向けて出て行った。かわいがり方がよく分からないんだ、と彼は言った。別に正しいやり方なんてものはないのよ。私はアポロの耳の付け根を両手で包み、頰ずりした。同じように真似しようとするのに、彼がアポロに触れると、妖《あや》しげな魔術を施しているように見えるのだった。

彼が一番神経質になったのはアポロの毛だった。家へ訪ねてくると、私に触れるよりも前に毛を拾い集めにかかった。ガムテープをちぎって両手に巻き付け、どんな細い産毛一本でも見落としはしないというほどの熱心さで、床に這いつくばった。私とアポロは邪魔にならないよう、部屋の片隅でおとなしくしていた。

膝《ひざ》を折り曲げ、背中を丸めて目を凝らすその格好は、彼をひどく小さく見せた。身体のあちこちが不自然に縮んでしまったかのようだった。指揮棒を振っている時の彼と同じ身体とは、信じられなかった。彼は世界中を旅して回る若い指揮者だった。

楽譜に毛がつくことはもっと嫌った。楽譜を広げている時に、どこからか一本毛が舞い落ちてくるだけで混乱した。それを払い除《の》け、楽譜の完全な清潔さを確かめた上でないと、仕事が先へ進まなかった。

アポロの毛はすばらしい。どんな美しい音楽だって奏でられるのではないかと思うほどだ。私たちがベッドで愛し合っている間、アポロは床で小さくなっている。その薄茶色の耳は、ささいな音まで全部を聞くことができる。私は毛布の下からそっと手をのばし、アポロの背中を撫《な》でてやる。するといともたやすく、数本の毛が絡み合って闇の中に舞い上がる。

とうとうアポロが歩けなくなった。敷石の窪《くぼ》みに脚を取られた拍子にへたり込み、どうもがいても二度と立ち上がれなかった。私はベビーカーの息子を端に寄せ、隣にアポロを載せようとした。どこを抱えても、どんなに力を込めても身体は数センチしか持ち上がらず、四本の脚はバラバラにだらんと垂れ下がるばかりだった。

あらゆる理由や意味を越えて、雨は降り続いていた。内臓までもがぐっしょりと濡《ぬ》れ、冷たさに震えていた。息子がとうとうぐずりだした。ポケットから歯固めビスケットを取り出し、握らせた。もう一個は自分の口に押し込めた。湿って黴《かび》臭い味がした。時計を見ようと思うのに、雨粒で目が開けられなかった。

その時だった。通りの向こうから姿を現わした車が一台、私たちの横に滑り込んできた。立派な黒い乗用車だった。

「どうかなさいましたか」

窓が開き、男の声がした。雨音の中でもくっきり浮かび上がってくる声だった。

「犬の具合が、悪いんです……」

アポロの胴体に腕を回したまま、私は答えた。

「お乗りなさい」

男は素早く車から降りると、ベビーカーを畳んでトランクにしまい、アポロを軽々と抱き上げてバックシートに寝かせた。そういう訓練をどこかで積んできたような、的確な動きだった。ベビーカーのレバーも迷わず探し当てたし、大きなアポロを見てもひるまなかった。私は息子を抱いて助手席に座った。怪しんだり遠慮したりしている暇はなかった。

「こんなに汚してしまって、申し訳ありません」

腰を下ろしてからようやく、私は自分たちがひどい姿をしているのに気づいた。高級そうな革のシートは水浸しで、男の背広は泥だらけだった。

「どうぞ、お気遣いなく」

男は言った。丁寧だが、揺るぎない力強さを持った口調だった。息子はビスケットを齧《かじ》りながら膝の上でジャンプし、アポロは肩で息をしていた。そうしている間にも私たちの身体からは、ずっと雫《しずく》が垂れ続けていた。

「どちらまでいらっしゃいますか」

「ええ……そう、スフィンクス、スフィンクスという名前の動物病院です」

私は答えた。雨から遮断された空間は、私をむしろ戸惑わせた。扉を一枚隔てただけなのに、いつのまにか雨は手の届かない場所に遠のいていた。ただワイパーだけが、休みなく動き続けていた。

「犬が病気なんです。そこしか診てくれる病院が見つからなかったものですから。もう、すぐそこのはずです」

霞《かす》んで何も見えない向こうを私は指差した。

「そんな病院、聞いたことありませんね」

男はサイドブレーキを外し、ギアをドライブに入れた。

「よろしい。私が診て差し上げましょう」

車はUターンした。

その時になってようやく私は不安になった。どこへ連れて行かれるのか、何をされるのか見当もつかなかった。ハンドルを握る男の横顔が目に入った。取り立てて特徴のない平凡な顔付きだった。落ち着いた物腰の割には若そうに見えた。ただその平凡さの中にすべての感情が押し込められているようで、彼の本心を探るのは難しかった。

「私は、獣医です」

こちらの動揺を見透かしたような平板な声で、男は言った。

アポロの症状について男は詳しく尋ねた。私はできるだけ正確に答えようと努めた。男は車を野球場の脇にあるポプラの木の下に停め、バックシートに移って診察をはじめていた。

男が本物の獣医だと、心から信じたわけではなかった。けれど彼は背広の内ポケットから、慣れた手つきでペンライトや聴診器や体温計を取り出した。それらはみな真新しく、少なくとも偽物ではなさそうだった。

男は毛をかき分けてアポロの身体の隅々に指を這《は》わせ、口の中をのぞき、胸と腹に聴診器を当てた。色白のしなやかな手だった。病巣を探り当てようと、男は指先に神経を集中させていた。十本の指はみな、慈しみに満ちた表情をしていた。そのことの方が、本当の獣医かどうかよりもずっと重要な事実だった。

明らかにアポロの病状は悪くなっていた。息遣いを聞いていると、このまま呼吸が止まってしまいそうな気がした。私は息子をきつく抱き締めた。息子はもう一個ビスケットを欲しがって、膝を何度も蹴《け》った。

「悪いんでしょうか……」

我慢できずに私は口を開いた。聴診器に耳を傾けたまま、男は否定もうなずきもしなかった。濡れたアポロの毛が両手に絡みついていた。

スコアボードと外野席と公衆トイレが見えた。ポプラのおかげか、私たちのいる場所だけ雨の勢いが優しくなっていた。車の中はひんやりとし、アポロの匂いに満ちていた。

男は目蓋《まぶた》を押し開き、瞳にライトを当てた。アポロは決して逆らわず、彼の腕の中に身をゆだねていた。目蓋は痛々しく腫《は》れ上がっていた。

「ご覧なさい」

男は言った。

「膿状《うみじょう》の目やにがこんなにたまっているし、充血もひどい。それにほら、光を嫌がるでしょう」

男はペンライトを近付けたり遠ざけたりした。

「涙腺《るいせん》に石が詰まっているんです」

「石が？　どうしてそんなことに……」

「体質的な問題です。カルシウムの摂りすぎや、炎症によって涙の性質が変化し、無機質が固まったとも考えられます。いずれにしても、細菌の感染で発熱し、全身症状が表われているんです。涙腺水晶結石症です」

男は不可思議な響きの病名を告げた。同じ言葉を自分もつぶやいてみようとしたのに、うまくいかなかった。

「心配はいりません。ほら、こんなふうにすれば……」

男は目蓋をつまみ、チューブの絵の具を絞り出すようにした。すると不意に、小さな塊が目の縁から飛び出し、男の掌に落ちた。

「さあ……」

よく見えるように彼は掌を私に近付けた。それは白く半透明な結晶だった。小さな金平糖状の粒が幾つもくっつき合って、一つの精密な形を成していた。不用意に息を吹き掛けると、すぐに転がってゆきそうで、私と息子はじっと息をひそめ、アポロの目蓋から出てきたその塊を見つめた。男は辛抱強く、いつまでも掌をかかげてくれていた。

以来、アポロは一度も病気をしていない。カルシウムを減らすために、おやつにやっていた牛の骨を胡瓜《きゅうり》に変えた。すぐに胡瓜はアポロの好物になった。

時折、あの獣医を思い出して、目蓋をつまんでみることがある。男の手つきを真似し、涙腺に沿って同じように指を這わせてみるけれど、もう結晶は落ちてこない。

何度も名前を尋ねたのに、男は答えなかった。現われた時と同じように、静かに雨の中を走り去っていった。まるで涙腺水晶結石症の犬を探す、旅人のように。

私は巾着《きんちゃく》型の小さな袋を縫い、中に結晶をしまって首輪に結んでいる。アポロがじゃれて耳元をなめる時、結晶の転がる微《かす》かな気配を聞き取ることができる。

時計工場

三年前、南のその島へ行ったのは、ある雑誌社からちょっとした旅行記を頼まれたからだった。見ず知らずの人と旅をするのは気が重いし、アポロのこともあったので断りたかったけれど、新しい長編小説に手間取っているうち、いつの間にか貯金が乏しくなって、引き受けざるを得なかったのだ。

下調べがしたいからと我儘《わがまま》を言い、私はスタッフより二日早く島へ入った。本当は二日間、ホテルに籠《こ》もって小説を書くつもりだった。

飛行機から降り、空港の正面玄関を出て、タクシーが並ぶロータリーを横切ったあたりだったろうか。私はふと、自分の前をおじいさんが一人歩いているのに気づいた。

もしかしたら、気づくという言葉は適当でないかもしれない。もっとストレートで、否応《いやおう》がないのに、決して荒々しい真似はせず、むしろ静かでさえある……そんな感触だった。

日差しが強く、目蓋《まぶた》が痛かった。フェンスの向こうに広がる海から湿った風が吹き込み、花時計のハイビスカスを揺らしていた。飛行機がひどく揺れたせいで、胸のあたりがむかむかと気持悪かった。老人は大きな、ほとんど身体中を覆い隠してしまうほどに大きな竹の籠《かご》を背負っていた。

レンタカー会社の人と待ち合わせをしたのは、駐車場の料金所の脇だったが、やがて私はこの老人も自分と同じ方向へ歩いて行くに違いないと感じた。なぜなのか理由は分からない。ただそういう予感がありありと湧き上がってきただけだ。

籠の中にはあらゆる種類のフルーツが、あふれんばかりに詰め込んであった。バナナ、メロン、パパイヤ、アボカド、レモン、スイカ、パイナップル、マンゴー、オレンジ……。どれも新鮮でよく熟していた。まだ朝露に濡《ぬ》れているものもあった。

相当に重い様子で、老人は腰を曲げ、両膝《ひざ》に手を付くようにしてよろよろ歩いていた。私はもっと早足で歩けるはずなのに、少しでも早くホテルへ落ち着いて小説が書きたいはずなのに、どうしても彼を追い越すことができなかった。おじいさんの姿が音もなく私の中に忍び込み、脳味噌《のうみそ》のどこかに剝《は》がしがたくしっかりと貼りついてしまったかのようだった。

かと言って彼の方が私を意識しているわけではなかった。老人はただ、自分の膝を見つめているだけだった。

予感は当たっていた。私たちは駐車場の出口まで来ると、ごく自然に立ち止まり、一つ息を吐き出した。それからおじいさんは籠の中の果物をごそごそいわせながら伸びをし、私はジャケットを脱いで鞄《かばん》にしまった。車はまだ来ていなかった。

同じ便で到着したらしい観光客が、タクシーやバスで走り過ぎていった。日陰もなく、ベンチもなく、日差しはますます強くなっていた。

「レンタカーをお待ちですか」

私は尋ねた。老人はこちらを振り向き、私の目をじっと見つめて、「ああ」とか「うう」とか、何か声を漏らした。こんなに歳を取って、車の運転ができるはずないと私は気づき、小さく笑みを返した。

「どなたか、お迎えがいらっしゃるんですね」

今度は老人は、痰《たん》の詰まった喉《のど》を鳴らした。

会話が通じないことは、少しも私たちを気まずい雰囲気にしなかった。皺《しわ》の中に埋もれかけたあまりにも黒い目を見ていると、彼が彼なりのやり方で質問に答えようと努めているのが分かったからだ。

一体、何歳くらいなのだろう。そういう予想が無意味なくらい、徹底的に、理不尽に歳を取っていた。皮膚は日に焼け、乾燥し尽くした爬虫類《はちゅうるい》のようだったし、背中や指や股関《こかん》節《せつ》や、あらゆる部分の骨が変形して身体を余計貧弱なものにしていた。髪はほとんど抜け落ち、手の甲に浮いた血管は不可思議な模様を描き出し、歯のない口元は陥没していた。

「重そうな籠ですね。下にお置きになったらいかがでしょう。手をお貸ししますよ」

私が腕をのばすと、老人はまた意味不明の声を漏らして後退《あとずさ》りしようとした。その拍子にバランスが崩れ、籠が傾いて中の果物が落ちそうになった。

「ごめんなさい。余計な口出しをして。大丈夫ですか」

慌てて私は老人の身体を支えた。力を込めているつもりなのに手応《てごた》えは薄ぼんやりして、頼りなかった。

「ああ、おおおお……」

老人は両手をすり合わせ、どうぞお気遣いなくという合図を送りながら、バランスを取り戻した。

老人は実にうまく果物を背負っていた。物理学的に彼の身体が耐え得る最大量を、背負っているように見えた。たとえレモン一個でも余分に載せれば、たちまち彼の骨はばらばらに崩れ落ちてしまうだろう。

約束の時間を過ぎているはずなのに、レンタカーはまだ来なかった。老人の迎えも、姿を見せる気配はなかった。暑くて目眩《めまい》が起きそうだった。手違いがあったのかもしれないと思い、レンタカー会社のパンフレットを探して鞄をひっかき回したが見つからず、余計に汗が噴き出すばかりだった。その間老人は、じっと果物を背負い続けていた。


これは何か意味ある苦行ではないだろうかと、私は考えはじめていた。果物の一個一個が人間たちの罪を象徴していて、神に許しを請うため、自ら名乗り出た聖人が身代わりとなって、それを背中にくくり付けているのではないか、と。

その証拠に瘦《や》せ衰えた老人の姿とは不釣り合いに、果物はどれも瑞々《みずみず》しかった。まるで老人から生気を吸い取っているかのようだった。たぶん果汁は、こめかみが痛くなるほど甘いに違いない。

一機、飛行機が空を斜めに切り取りながら離陸していった。岬の向こうで旋回し、更に上昇を続け、薄い雲のすき間に吸い込まれようとしていた。私たちは姿が見えなくなるまで、それを目で追い掛けた。

視線を元に戻した時、老人の首筋に黄色い痣《あざ》があるのに気づいた。左の耳たぶの下、顎《あご》の陰になっているあたり。マンゴーに似た黄色で、そこだけが歳を取り忘れたようにすべすべとしていた。

よく見ると、蝶《ちょう》の形だった。羽は左右対称で、微妙な曲線を描き、二本の触角までが揃っていた。丁度いい陰を見つけた蝶が、おじいさんの首筋で羽を休めている、という雰囲気だった。

「お迎えの方、遅いですね」

蝶に視線を向けたまま、私は言った。

「一体、いつになったら来てくれるんでしょう」

うなずこうとしたのか、背中の重みのせいか、老人は首を震わせた。それに合わせて蝶も羽を動かしたが、決して飛び去りはしなかった。いつまでもそこに張り付いて、老人の血液、脂肪、唾液《だえき》、タンパク、リンパ液、尿、精子、髄液……何もかも全部、吸い取ろうとしていた。

遅刻しておきながらレンタカー会社の人は謝りもせず、しかも頼んでおいた車種とは違う、趣味の悪い車を運んできた。

「よろしかったら、お送りしましょうか」

私は何度も老人にそう言った。

「急ぎませんから、たとえ遠回りになってもいいんです」

けれど老人は光の降り注ぐその場所を、一歩も動こうとしなかった。

「このままだと日射病で倒れてしまいます。どうぞ、ご遠慮なさらずに」

無理にでも彼を車に乗せようかと思ったが、すぐにあきらめた。もし籠の果物が地面にこぼれ落ちたら、レモンを一個加えるのと同じように、老人の存在を司る完全なるバランスが崩れ、取り返しのつかない事態に陥るかもしれないと、恐れたからだ。

「さあ、さあ、急いで下さい」

うんざりした口調で、レンタカー会社の人は言った。ちらりとも老人に視線を向けようとはしなかった。そんな人物など存在しないかのように振る舞った。

バックミラーに映った老人の肉体は、一層朽ちて見えた。相変わらず果物たちは日差しを浴びて美しく輝き、その光で老人を侵食しようとしていた。彼はじっと動かなかった。私に手さえ振ってくれなかった。

　本当に迎えの人など来るのだろうか。ずっとずっと待ち続け、干涸《ひから》びるまで待つのだろうか。後には反り返った薄っぺらな皮と、ポロポロに砕けた骨が、ほんの一握り残されるだけだ。

　私はアクセルを強く踏んだ。やがてミラーの中で老人は光の一点となり、ギアがトップに入った瞬間、消え去った。


「ええ、アポロちゃんは大丈夫ですよ。シェパードのマリナちゃんと仲良く遊んでます。どうぞご心配なく」

　電話の向こうで犬の鳴き声がひっきりなしに聞こえた。ペットホテルの人は、ご心配なくを何度も繰り返した。

「夕方たっぷり散歩もしましたし、今晩はきっとぐっすり眠るでしょう。ケージの中にもお利口に入りましたよ。あっ、そうそう。お耳の中がちょっと汚れていたので、掃除しておきました。耳ダニが発生するといけませんから」

「どうも、すみません」

「いいえ、いいんです。ご心配なく。別料金は頂かなくちゃなりませんけどね」

「ああ、あとで清算します。……食事は？」

「もちろん、もう済みました。大丈夫です。ちゃんとご指示通り、ペットフードのプロプランを四五〇グラム差し上げました。ペロリと平らげましたよ。見事なものです。何の問題もありません。ただちょっと、下痢気味でしたけれど」

「一度お腹を壊すと、どんどんひどくなるんです。明日は量を半分にして、お湯でふやかしてからやっていただけませんか」

「うーん、元気ですからね。心配はいりませんよ、たぶん。まぁ、覚えておくようにしましょう。量を半分にして、ふやかす、と。これも別料金になります。病気の犬扱いですから……」

受話器を置くと、海の音だけが残った。それは遠い地底から響いてくるようなのに、窓の外を見ると、海はすぐそこにあった。

もうすっかり日は落ちて、さっきまで夕焼けに染まっていた岬は闇に包まれていた。プールを照らすライトやレストランの照明が、砂浜をぼんやり浮き上がらせていたが、海にはどんな微《かす》かな光さえ届いていなかった。月も星も姿を消していた。

部屋にはさっきルームサービスで頼んだステーキの焦げた匂いが残り、ベッドの上に放り投げた旅行鞄《かばん》からは、化粧ポーチと丸まったストッキングが半分のぞいていた。シャワーで濡《ぬ》れた髪はなかなか乾かず、いつまでも首筋にまとわり付いたままだった。バスルームから流れ出した湯気が、エアコンの通風口のまわりで渦を巻いていた。

私は小説の続きを書こうとしてテーブルの前に座った。質素で華奢《きやしゃ》なテーブルだった。少しでも力を入れると軋《きし》んで音を立てた。そこには原稿用紙が、昼間と同じ様子で広がっていた。新しい言葉は、一字たりとも書き付けられていなかった。ただステーキソースとドレッシングの染みが、二、三増えているだけだった。

長編小説を書いている時、私はなぜか自分が時計工場にいるような錯覚に陥る。

時計工場？

そう自問しながら私はあたりを見回す。けれどそこは確かに、静かで暗い森の奥に隠れた、レンガ造りの工場なのだ。

殺風景な長方形の部屋に、作業台が一つ。窓からは絡み合う茂った木々の緑しか見えない。床はタイル張りでとても冷たい。

私は一人きりで丸椅子に座り、もう何日も何日も一つの時計を作ろうとしている。埃《ほこり》がつかないよう念入りに拭《ふ》いたつもりなのに、ステンレスの作業台にはいつの間にか砂の粒や髪の毛や耳垢《みみあか》や唾《つば》が飛び散っている。不純物が紛れ込まないよう、私は指先に細心の注意を払う。

どんなささいな狂いもない、完全なバランスを持った時計を作らなければいけない。私はゼンマイを巻き付け、ネジを締め、心棒を差し込む。ベンジンで余分な油を落とし、部品に傷がないかルーペで覗《のぞ》く。

いつしか世界そのものが、自分の手に収まっているのを感じる。世界が私の掌で鼓動している。私の身体はこんなに弱々しく、世界の片隅に追いやられているというのに。

ゼンマイは規則正しい動力を生み、歯車はそれぞれの凹凸を求め合い、長針と短針は怯《おび》えるように一目盛り一目盛りを刻んでゆく。この計算され尽くした空間、輪郭、永遠性。何という美しさだろう。私はしばしば完成した姿を思い浮かべ、うっとりしてしまう。

なのに今、目の前にあるのは醜い不完全品だ。どこかが救いがたく弛《ゆる》んでいるか、歪《ゆが》んでいるかしている。私は部品をばらばらに分解し、最初からやり直す。

身体は凍え、爪先は感覚をなくしている。あまりにも長い時間腰掛けているせいで、丸椅子は半分腐りかけている。ここは本当に時計工場なのだろうか。私はもう一度部屋を観察してみる。数えきれない小さな部品、ピンセット、ねじ巻き、油……時計工場にふさわしい物以外、何一つ見当たらない。壁には過去の作品らしい時計が飾ってある。全部私が作ったものなのか。あまりよく覚えていない。どれも埃をかぶり、針は止まってしまっている。

微かな気配を感じ、誰かが訪ねてきた、と思って振り向くと、それは必ず風で揺れた木々の悪戯《いたずら》だ。そこには誰もいない。温かい一杯のお茶さえない。私は世界の縁に、一人たたずんでいる。

私は再び作業を開始する。また新しい爪とふけと睫《まつげ》毛と皮膚の切れ端が散らばって、私の世界を汚している。

ホテルのベッドは蜂蜜《はちみつ》の匂いがした。真夜中を過ぎて風が強くなり、窓ガラスがずっと震えていた。さっきまでロビーのバーから漏れていたピアノの音は、いつしか聞こえなくなっていた。

小説を一行も書かないままベッドへ入った夜は、いつも決まってなかなか眠りが訪れないのだった。私はアポロのことを考えた。狭いケージの中で不自由していないだろうか。明日、餌はちゃんと柔らかくしてもらえるだろうか。私に見捨てられたのかもしれないと、絶望していないだろうか……。

小説がうまく進まない不安を、アポロの問題に一つ一つ置き換えながら、眠りに落ちるのを待った。温かい毛の感触が、眠りを誘ってくれる気がして、彼の身体の輪郭を正確によみがえらせようと努めた。寝返りを打つたび、蜂蜜の匂いが濃くなった。

一段と強い風が窓に吹き付け、はっとして目を開いた時、かたわらにあの老人がいた。昼間と同じ籠《かご》を背負っていた。自分が間違えていないことを確かめるため、私は首筋に視線を走らせた。そこにはやはり、蝶《ちょう》が止まっている。

「蜂蜜じゃなかったのね。果物の匂いだったんだわ」

私がつぶやくと、老人はうなずくでもなく否定するでもなく、小さな足踏みをする。夜の中に立っていると、籠は昼間より重そうに見える。ただ果物だけは、闇の中でもその鮮やかさを失っていない。

「ここへ訪ねてきて下さったのは、あなたが初めてです。本当に、あなただけなんです」

私はどこかに座ってもらおうとして、すぐに無駄だと気づく。老人は決して自分の姿勢を崩さないし、ここには私の使う腐った丸椅子以外、腰掛けられるようなものは何もないからだ。

「どうぞ、くつろいで下さい」

それでも何か気持を表わそうとして、私は言葉を発する。

作業台は見苦しく、雑然としている。どの部品一つも、本来あるべき位置に納まってはいない。私の手は油にまみれ、所々ネジで刺した傷が膿《う》んでじゅくじゅくしている。

海の音だと思ったのは、森の木々が揺れる音だった。工場の窓には重なり合う葉の影が映っている。

老人は私の斜め後ろ、作業の邪魔にならず、なおかつ体温が十分に伝わるあたりに場所を定める。

「よくここを見つけて下さいましたね。とても遠くて寂しい場所なのに。道案内もいないのに……」

老人が発する気配を、私はすべて感じ取ることができる。それは冷たいタイルの床にも、ざらついたレンガの壁にも邪魔されず、私の胸にまで届いてくる。背骨と籠のこすれ合う様子、赤土に汚れた踵《かかと》のひび割れ、肩に食い込む紐《ひも》の痛み、途切れ途切れの息遣い……何もかも全部だ。

「よかったら、もう少しそこにいて下さいませんか。ご無理にとは言いません。ほんの少しでいいんです」

自分のそばに沈黙があること。今にも滅んでしまいそうな肉体があることは、私を安堵《あんど》させる。工場の中にいて初めての感情を覚える。

その気持と作業台の混乱が不釣り合いな気がして、最初は戸惑ってしまう。でもすぐに、心配ないと自分に言い聞かせる。安堵感があまりにも圧倒的でゆるぎなく、温かい海水のように身体の隅々に染みていったから。

遠く森のどこかで、病んだ鳥が一羽枝から落ちる。果物の匂いはどんどん濃密になってゆく。ようやく私にも、眠りが訪れる。黄色い蝶がもうこれ以上、老人の体液を吸い取りませんようにと祈りながら、私は眠りに落ちる。

スタッフが到着する予定の日、嵐で島の空港が閉鎖になった。目覚めると風景はすっかり変わっていた。昨日まであたりを支配していた光はどこかへ追いやられ、灰色の雲が海を覆い、岬にぶつかるうねりが飛沫《しぶき》をまき散らしていた。ヤシの葉も、花壇のブーゲンビリアも、浜辺に忘れられたビーチパラソルも、あらゆるものが風に押し倒されていた。

このぶんだと、今日は一日身動きが取れないだろう。そうあきらめて、私は小説の続きを書いた。久しぶりに物語が新しい方向へ動く気配を見せた。けれどもちろんその気配は弱々しく、動きは微《かす》かなものだ。少しでも油断するとせっかく掌に伝わりかけた物語の手触りが、あっけなく消え去ってしまいそうでとても怖い。

小説を書く時、私はいつだって怖がっている。震える手で、息を詰めながら、一行一行そっと差し出す。まるでかたわらにたたずむ老人の背中へ、果物を一個ずつ載せてゆくように。

午後になって編集者から電話があり、やはり今日中に島に入るのは無理だという話だった。私は原稿を中断し、カフェテリアでサンドイッチを食べたあと、ホテルの中をあてもなく散歩した。

テラスの窓は閉じられ、ビーチへ続く扉には鍵《かぎ》が掛かっていた。それでもどこからか吹き込んだ雨が、所々床に染み出していた。同じように足止めされた宿泊客たちが、ロビーでぼんやりしていたが、人影は少なく、昨日よりずっと静かだった。

図書室は中庭を囲むテラスの突き当たりにあった。座り心地のいい革のソファーと、整頓《せいとん》の行き届いた書棚と、柔らかい光のスタンドが揃っていた。

アンデルセン童話、モーパッサン全集、珊瑚礁《さんごしょう》の写真集、カクテルのガイドブック、すり切れた詩集、手品の解説書……さまざまな本があった。私は適当に一冊抜き取って、奥のソファーへ座った。

『動植物図解事典・亜熱帯編』という、子供向けの図鑑だった。〈ホンソメワケベラ——海の掃除屋としてよく知られています〉……〈アンボイナ——強い毒のある棘包《きょくほう》を持っています〉……〈アカショウビン——羽根とくちばしと足が鮮やかな朱色で、キョロロロと澄んだ声で鳴きます〉……。

私は蝶のページをめくってみた。羽を広げた蝶の写真がびっしりすき間なく並んでいた。写真が古びて色あせているからか、それとも図鑑というものはどれでもこんなふうなのか、蝶はみな疲れ切ったようにぐったりとしていた。

昨日見た蝶がどこかにいるかもしれない。私は一つ一つ指でなぞっていった。タテハモドキ、イシガケチョウ、カバマダラ、コノハチョウ……。どれも違っていた。羽の色合いや輪郭や、触角の長さや、どこかが微妙にずれていた。

おじいさんの首に止まっていたのは、もっと生き生きしていた。不用意に触れると、鱗《りん》粉《ぷん》がこぼれ落ちそうなほどだった。

その時、男が一人入ってきた。ゆったりと大またで部屋を横切り、ラックから新聞を取り出すと、私の右手にくつろいだ様子で腰掛けた。

南の島のリゾートホテルには似付かわしくない、グレーのタートルネックセーターを着ていた。背は高くないが胸板は厚く、肩が盛り上がり、ウエーブのかかった長めの髪は光線の加減か焦茶色に見えた。男は足を組み、新聞を広げた。

私は蝶のページをしっかりつかんだまま、うつむいてじっとしていた。うつむいているはずなのに、男の仕草が何もかも全部、視界にくっきりと映った。なぜなのか理由はすぐに分かった。男の首筋に、老人と同じ痣《あざ》があったからだ。

タートルネックを着ているのは痣を隠すためなのだろうか。しかしそれは、男が身体のどこかを動かすたび、姿を現わした。触角の先だけがのぞいているかと思うと、すこしずつ羽が見えてきはじめ、やがて右半分が髪の陰に沈み、次の瞬間、全身があらわになったりする。だから余計に、生きているみたいだった。

私は呼吸を鎮め、自分の見間違いを証明しようとした。耳たぶからの距離、マンゴーに似た黄色、繊細な形。なのに私は間違えてなどいなかった。

図書室には私たち二人きりだった。嵐はますます激しくなっているというのに、吹き荒れる風の音は遠く、ただ新聞をめくる音だけが聞こえた。中庭は横殴りの雨で半ば霧に覆われたようになり、向こうに広がっているはずの海は霞《かす》んで見えなかった。プールサイドでは、どこからか飛ばされてきたデッキチェアのマットが舞い上がっていた。

男は新聞から顔を上げようとせず、私の視線になど注意を払っていなかった。いや、もしかしたら、私が痣のことを気にしていると感づいていながら、わざと素知らぬ振りをしているのだろうか。そうやって人を引き付けるのが、痣の役目なのかもしれない。その証拠に男は、私が最も蝶《ちょう》を見つけやすい角度に、腰掛けたではないか。

私は膝《ひざ》の上で、『動植物図解事典・亜熱帯編』を閉じた。

「失礼ですけど、こちらに、ご親戚《しんせき》がいらっしゃいませんか」

口にしてすぐ、自分でもつじつまの合わない奇妙な質問だと分かった。しかし男は怪訝《けげん》な素振りを微塵《みじん》も見せず、穏やかに微笑みながら答えた。

「いいえ」

「すみません。よく似た人を知っているものですから」

私は下手な言い訳をした。

「僕と血のつながった人間は、島には一人もいないはずですよ」

同じ質問に繰り返し答えてきたかのように、男は堂々としていた。

「あなたはご旅行ですか」

「仕事です。でも、こんな天気ではどうしようもありません」

「全くですね」

私たちは外を見やった。嵐が激しければ激しいほど、図書室の静けさは濃密になっていった。

「僕は病気の療養を兼ねた、休暇中です。たいした病気じゃありませんが」

「お元気そうですのに……」

「頸椎《けいつい》がずれて、変形を起こしたんです。職業病ですね」

「どんなお仕事なんでしょう」

「指揮者です」

男はセーターの上から、首を撫《な》でた。まるでそこに止まった蝶をそっと捕まえるような手つきだった。

コンサートホールの客席は暗く、肌寒い。舞台にだけ照明が当たっている。金管楽器がキラキラと輝いてまぶしい。幕の裾《すそ》にたまった埃《ほこり》さえ、光って見える。

客席には私以外、関係者らしい人が数人いるだけで、みんなぽつぽつと離れた席に座っている。時折、器材やコードや楽譜を抱えた人が舞台を横切ってゆく。やがてリハーサルがはじまる。

あなたはラフな白いシャツ姿で現われ、譜面台の縁を指揮棒で小刻みに叩《たた》く。曲名はチャイコフスキーの交響曲第5番。

あなたは何度も何度も演奏を止め、楽器に向かって手振りをまじえながら細かい指示を出してゆく。……もっとクラリネットをよく聴いて下さい。弾こうとせずに、まず聴くことに神経を使って……そこは一息に駆け抜けようとしないで……そう、真っ暗な洞窟《どうくつ》へ忍び足で降りてゆくような感じです……。あなたはずっと私に背を向けているので、言葉は途切れ途切れにしか届いてこない。

自作を朗読する詩人のように、追い詰められた精神病者のように、あなたは語り続ける。あなたが語りはじめると、みんな指揮棒から目をそらし、楽譜に視線を落とす。誰もあなたを見ないし、口を開かない。返ってくるのはただ、楽器の響きだけだ。

それでも私はあなたが指揮棒を振り上げ、オーケストラのメンバーが全員楽器を身体に引き寄せる、その瞬間の沈黙が好きだった。この人に身を任せていれば、狂いのない確かな調和が得られる。私が工場で組み立てようとしている時計のような、完全なる調和が、一瞬のうちに訪れる。そんな錯覚に、ひととき陥ることができた。

私は首に視線を走らせる。あんなに棒を強く振ったら、いつかみたいに靱帯《じんたい》が弛んで、骨の突起が削れてしまうのに。シャツの衿《えり》と皮膚がこすれて、痣が消えてしまうのに。いつまでたっても客席の椅子はひんやりしたままだ。けれどあなたは次第に汗ばんでくる。袖《そで》をまくり上げ、幾度となく髪をかきむしる。シャツの背中に汗が染みてくる。

あなたの身体は少しずつ汗を噴き出してゆく。掌、額、わきの下、肋骨《ろっこつ》のすき間、膝の裏、背骨の溝……。私はその順番をよく知っている。舌でなめた時の味も、よく知っている。

初めて愛し合った時、嵐は去り、再び強い日差しが戻ってきていた。バルコニーから降り注ぐ光が、整えられたばかりのベッドを照らしていた。

うねりの残る海はまだ遊泳禁止になっていたが、待ちきれずに甲羅干しする若者の姿が見えた。プールサイドで子供たちの歓声が上がり、中庭の茂みから小鳥のさえずりが聞こえた。浜辺の片隅に打ち上げられた、海藻まみれの瓦礫《がれき》だけが、嵐の余韻をとどめていた。

私たちには時間がなかった。スタッフたちの乗った便は、そろそろ空港に到着する頃だったし、ホテルの美容室で爪の手入れをしている彼の夫人は、一時間で戻ってくるはずだった。

洗いたてのベッドカバーが、ごわごわと肌に痛かったのを覚えている。彼が私の上に覆いかぶさると、それはますますしつこく絡みつき、肌を刺した。

あまりにもきつく彼が私を抱き締めたので、背中が反り返り、息ができなかった。客室係が揃えたらしいテーブルの原稿用紙の束が、視界の隅に映ったり消えたりした。

彼の肉体はどこかしらいびつな雰囲気を漂わせ、私を不安な気分にした。発達した両肩に比べ、足ははっとするほどに細く、膝が瘤《こぶ》のように突き出している。陰毛は濃いのに、わきの下には産毛しか生えていない。そして音楽家にとって一番大事なはずの耳は貧弱で、ほとんど髪の中に姿を隠している。

私はどうにかしてそのいびつな輪郭の中に自分を収めようとした。背中を丸め、足を折り曲げ、目をつぶった。

彼は私を楽器のように扱った。自分が望む通りの音色を求めて、あらゆる粘膜、襞《ひだ》、くぼみを操った。望み通りにいかないと、いまいましげに指揮棒を振って、空気を切り裂いた。

もし彼の首に痣《あざ》がなければ、きっとこんなふうにはなっていなかっただろうにと、まるで私は後悔しているかのように考える。

「苦しくない？」

彼が尋ねる。

「ええ」

私はため息と一緒に答える。

さっきまでまとっていたものたちが、カーペットの上に散らばっていた。やがてまた自分はそれらを拾い上げ、表裏を引っ繰り返したり、皺《しわ》をのばしたりしながら、身につけてゆかなければいけないのかと思うとみじめだった。彼が私の身体からはぎ取ると、どんな上等なスリップでも、垢《あか》にまみれたぼろ布のように見えた。

男の人の前で裸になると私はいつも、自分がまた一歩、世界の縁へ追いやられた気がした。自分がいかに無力で凡庸な音色しか発せられないか、思い知らされた。あとほんの少し後ずさりしたら、最後の縁を踏み外し、暗黒の地底へ放り出されそうだった。

そんな時私は時計工場を懐かしむ。あそこまで戻れば、世界は私の掌の中にある。なのに暗黒の恐怖は、息も吸い込めないほどに強烈で、たまらず私は目の前の肉体にしがみついてしまう。

蝶の痣はどこへいったんだろう。私は背中をよじり、そこへ口づけしようとする。けれど彼はそのいびつな身体で私をからめとり、自由を与えてくれない。

また、蜂蜜《はちみつ》の匂いがした。やはりおじいさんの苦しみは続いている。背中の果物は今にも背骨を粉々に砕いてしまいそうだし、蝶の触角は首筋に突き刺さったままだ。

私は痣を探してあらゆる場所に手を這《は》わせる。乳首、喉仏《のどぼとけ》、伸びかけた髭《ひげ》、かさぶた、いろいろなものが指先に触れる。やがて、自分が撫でているのがひどく老いた皮膚であることに気づく。ざらついてひんやりとした感触にはっとし、目を開けると、腕の中にいるのはおじいさんだ。太陽の真下に立ち続けているというのに、こんな冷たい皮膚をしていたのかと余計痛ましくなり、私はおじいさんを抱きとめる。

私は心から安堵《あんど》する。おじいさんの苦しみを、少しでも和らげてあげることができるような気がする。

強《こわ》ばった両肩を息で温め、長年の重みで曲がったままの両膝《ひざ》をゆっくりとのばし、背中の果物がこぼれ落ちないよう注意しながら、私は自分の中におじいさんを導き入れる。


リハーサルが終わる。オーケストラのメンバーたちは楽譜を束ね、楽器を抱えて立ち上がる。その拍子に弓と弦が触れ合って、さざ波のように空気を震わせる。

あなたはコンサートマスターと言葉を交わしながら、舞台裏へ去ってゆく。私には気づかない振りをする。ささやかな一瞥《いちべつ》さえ、向けてはくれない。靴音だけがことさら鮮明に響き渡る。

舞台の照明が落とされ、あたりにはざわめきが戻る。

「指揮者にインタビューなさいますか」

演出家が近づいてきて私に声を掛ける。

「いいえ、いいんです。演奏についてだけの、個人的なエッセイですから」

「ちょっとここ、寒かったですね。すみません。膝掛けでもお持ちすればよかった。本番までは、どうぞロビーの喫茶店でゆっくりなさっていて下さい。お身体に障ると大変だから」

私は丁寧にお礼を言う。そして洋服でうまくカバーしたつもりだったのに、もはや誤魔化しきれなくなっているらしいお腹を、両手で覆う。

演出家に嘘をついたときの気持を再び私は思い出す。

「連載エッセイのテーマで、クラシック音楽を取り上げたいのですけれど、もしよかったら、リハーサルから会場に入れていただけませんか」

気分の悪い嘘だった。作家であれば、何でも許してもらえるかのような態度を示さなければならない嘘のつき方にも、またその目的があなたに会うためだという事実にも、打ちのめされる。

「じゃあ、開演は一時間半後ですから」

感じのいい微笑みを残して、演出家は遠ざかってゆく。

あなたに会って何を言うつもりだったのか、そんな大事なことが思い出せない。赤ん坊ができたことは話した。とにかく僕は棒を振らなくちゃならないんだ、だから邪魔しないでほしい、というあなたの話も聞いた。だったらもう、私たちの間には互いに吐くべき言葉は一つも残っていないはずだ。

私は緩やかなスロープになった客席を、出口に向かって登ってゆく。ロビーは人影がなく、更に寒々としている。ガラス窓の向こうは日が暮れはじめ、空の色が変わろうとしている。白く不透明な月が、夕焼けの中に浮かんで見える。正面玄関にはパンフレットを積んだ長机が二つ並んでいるが、係員はまだ姿を見せていない。

私はポケットの中に手を突っ込み、コンサートのチケットを握りつぶす。そうしてそれを、灰皿の穴に押し込めて捨てる。


私は時計工場へ駈《か》け戻る。そこより他に、行き場所がない。

こんなにもお腹が膨らんでいるというのに、私は森の中を脇目も振らず、走り抜けることができる。尖《とが》った枝で頬を引っかかれても、蔓《つる》に足を取られそうになってもひるまない。ただ自分のためだけに与えられた場所へと、急ぐだけだ。

必ずそこに時計工場はある。作業台と腐った椅子が私を待っている。まだ正しく時間を刻むことのできない作りかけの時計が、あえぐように横たわっている。

また今晩も、遠い森のどこかで、病んだ鳥が一羽枝から落ちる。

蘇生
そせい

息子が五ヵ月を過ぎた頃だった。おしめを替える時、片方の睾丸《こうがん》が腫《は》れているような気がして、病院へ連れて行った。

「お母さん、見てごらんなさい」

医者はそこをペンライトで照らしながら言った。

「ほら、透き通ってきれいでしょう」

確かにクリーム色の光が、皺《しわ》の寄った陰のうの表面をすり抜け、中身を透明に浮き上がらせていた。

裸にされた息子はさっぱりとした様子で、股間《こかん》をのぞき込む私たちになどお構いなく、ご機嫌に手足を動かしていた。医者は更に注意深く、睾丸をつまんだり、掌にのせたりして、いろいろな角度から光を当てようと試みた。どんな角度であろうと、その透明な物体の清らかさは変わらなかった。

「ですからこれは、腫瘍《しゅよう》などではありません。水が溜《た》まっているんです」

そう言って医者は、ペンライトのスイッチを切った。

胎児の時、腹腔《ふくこう》内にあった睾丸が下へ降りてくる際、何かの拍子でうまくはがれなかった腹膜が、袋状に取り残され、そこへ水が溜まるという病気らしかった。二週間後、手術をすることになった。


小児科にベッドの空きがなかったので、割り当てられたのはお婆さんとの相部屋だった。彼女が何の病気かは不明だったが、ベッドサイドを飾るおびただしい数の写真や本や置物類から、長く入院している雰囲気がうかがえた。彼女は自分のことを、アナスタシアと名乗った。

「アナスタシア？」

一応私は問い直してみたが、聞き間違いではないようだった。

どこから眺めても、彼女に外国人の血が流れているとは思えなかった。皺だらけの顔には精一杯白粉《おしろい》をはたき、真っ白い髪は頭の上できれいに丸めてあったが、着古したネグリジェはあちこち伸びきって、襟ぐりからしぼんだ乳房がのぞいて見えた。

手術は三十分ほどの簡単なものだった。本当に水の溜まった袋が取り除かれたのかどうか確かめるため、私は夜、消灯したあとの病室で、医者がやっていたのを真似して電気スタンドの明かりをそこに当ててみた。やはりもう、あの透明なものは姿を消していた。

次の日、看護婦さんが記念にと言って睾丸から取り出した袋をくれた。それは蓋《ふた》付きのシャーレの中で、脱脂綿にくるまれていた。

傷口の化膿《かのう》を防ぐため、抗生物質を点滴する必要から、退院まで十日かかった。息子がぐずったり、夜泣きをするたび、隣のおばあさんに迷惑が掛かるのではとびくびくしたが、ありがたいことに彼女は、私たちが何をどうしていようが全く気に留めていなかった。

昼間彼女はほとんどの時間を読書と刺繍《ししゅう》に費やした。読む本は必ずヨーロッパの歴史書か、カメラに関するものと決まっていた。また刺繍は、ハンカチ、靴下、化粧ケープ、肌着、手提げ袋、とあらゆる布製品になされ、ついには病院の備品であるシーツや枕カバーにまで及んだ。しかしそれをとがめる人は誰もいなかった。

刺繍の図案は例外なく、飾り文字にデザインされたアルファベットのAだった。

「アナスタシアのAですか?」

私は尋ねた。

「いいえ。アレクサンドラのAよ。お母さまのね」

と、彼女は答えた。そして枕元の写真にちらっと視線を送ったあと、またすぐ刺繍に没頭した。それは古い白黒写真で、レースのドレスをまとい、豪華な宝石や勲章で身体を飾った女性が写っていた。

息子の退院の日、ささやかなプレゼント（刺繍糸のセット）を渡すと、彼女はこちらが恐縮するくらいに喜び、お返しに写真を撮ってくれた。カメラはなかなか本格的で、彼女は床にひざまずいたり、ベッドの上に腹ばいになったりして、長い時間をかけて構図を練った。とうとう痺《しび》れをきらした息子は、シャッターが押された瞬間、奇声を発しながら手にしていたカタツムリの縫いぐるみに嚙《か》み付く始末だった。

「きっといい写真になるわ」

そう言って彼女は刺繍糸に何度も頰ずりした。

季節が移り、入院生活のことなど忘れかけた時分になって、今度は私の方に異変が現われた。ワンピースを脱ごうとしてファスナーを下ろした時、背中の真ん中、背骨のすぐ左脇に腫れ物ができているのを発見したのだ。

グリグリした感触ではなく、もっと柔らかく頼りない感じで、押さえても痛くはなかった。私は裸になり、鏡を何枚か使って患部を見ようとしたが、どんなふうに首をねじっても、鏡を傾けても、それは必ず視界からほんの少しずれた場所にあった。くたびれてため息をつくと、アポロが寄ってきて、ちょうどそのあたりだと思われる背中の場所を、なめてくれるのだった。

「水が溜まっていますね」

息子の時とは違う医者だったけれど、彼は同じようにペンライトを当て、事もなげに言った。

「簡単に切開できますから、ご心配なく」

医者は早速、ひんやりする麻酔薬を背中に塗った。

「つい最近、息子が睾丸にできた袋を取ったんです。そのことと何か関係があるんでしょうか」

私の質問に、彼は何の関心も示さなかった。

「人間の身体にはありとあらゆる袋が詰まっていますからねえ。なかにはこんなふうに、不用な袋が出てくる場合もあるんです」

「でも、息子の袋が胎児の時からの問題だとすれば、私の身体とも関わってくるんじゃないですか」

「いやあ、それは考えすぎでしょう」

「だって、ほんの数ヵ月の間に、二人ともに妙な袋が出現するなんて、ちょっとおかしいと……」

尚《なお》も食い下がろうとしたが、一瞬背中に痛みが走って言葉が続かなかった。

「さあ、済みましたよ。あとは絆創膏《ばんそうこう》を貼って終わりです。二、三日お風呂《ふろ》は控えて下さい」

医者はピンセットでつまんだ血だらけの肉片を、トレイの上に放り投げた。

「それが、背中の袋ですか?」

私は尋ねた。

「頂いて帰っても、よろしいでしょうか」

私はティッシュでそれをくるみ、スカートのポケットにしまった。腕を動かすと、傷口がひどく痛んだ。

しかし本当の混乱は、切開の傷が治ってから始まった。ある朝起きたら、言葉が喋《しゃべ》れなくなっていた。

最初は取るに足らないアクシデントだろうと思った。例えば、扁桃腺《へんとうせん》が腫れたか、まだ寝ぼけているのか、化膿止めの薬の副作用か、原因はいくらでもありそうだった。

私はうがいをし、喉《のど》を温め、咳《せき》をした。それから新聞に目を通し、テレビをつけ、アポロに「ご飯よ」と呼び掛けてみようとした。けれど声は出てこなかった。

何も難しいことじゃない、自分は何気ない一言を口にしようとしているだけなんだ、という状況は理解できた。ただそれを実行に移そうとした途端、とてつもない圧力が全身を支配し、息をすることさえできなくなった。やがて「ご飯よ」という一言は煙のように空中へ消え去り、あとには何一つ残らなかった。私は言葉というものを、なくしてしまっていた。

背中の切開と、それに先立つ息子の手術が、深く関わっているはずだ。私は一番に直感した。二人の肉体がどこか手の届かない場所で互いに響き合い、その響きが声にすり代ったに違いない。

私は医者と言語療法士の前でもろもろの経過を説明しようとし、すぐに喋れないことに思い至って、目の前にあったホワイトボードを使おうとマジックに手をのばした。彼らはボードにじっと視線を落とし、言葉の出現を辛抱強く待った。

私は自分の身に起きた神秘的な偶然について理解してほしかったし、何より彼らの期待に応《こた》えたかった。何度も掌の汗を拭《ぬぐ》い、マジックを握り直し、ボードに先を押しつけた。

その時、声と一緒に、言葉を選び出し書き付ける力も麻痺《まひ》しているのを知った。

「無理しなくてもいいんですよ」

いたわるように看護婦さんが肩に手を置いた。いくら努力しても、指先から生まれるのはただの黒い点ばかりだった。

遂《つい》に我慢できなくなった私は、ボードに睾丸《こうがん》の絵を描いた。自分でも信じられないほど、すらすらと上手に描けた。そしてハンドバッグの中から脱脂綿にくるまれた二つの袋を取り出し、机の上に並べ、ソファーに寝転がっている息子のおしめをはずして傷口を指し示し、更に自分の背中を見せるためファスナーを半分下ろしたところで、みんなが一斉に止めに入った。

「分かっていますよ。外科のカルテはちゃんと届いていますからね」

「傷はすっかり治っています。これからは声の訓練に専念しましょう」

「焦りは禁物です。じっくりやっていけばいいんです。何の心配もいりません……」

みんな口々に好き勝手なことを喋った。本当に私が伝えようとした言葉を理解した人は、誰もいなかった。

言語療法士の命ずる課題が何の役に立つのか、私には謎だった。品物とその名前を線で結んだり、バラバラになった文章を正しく並べ直したりするのが、本当に自分の必要とする作業とは思えなかった。

品物を表わす絵が漫画じみているうえに、例題の文章が幼稚すぎて、プライドが傷つけられたからではない。たとえ正解を出し、言語療法士が大げさに誉めてくれても、私の抱える空洞は一向に埋まる気配がなかった。治療台の上に散らばるカードに書かれた言葉たちは、空洞の縁をぐるぐる回っているにすぎなかった。

夜、家へ帰って、原稿用紙の前に座ってみる。空白の升目の連なりは、見慣れた風景だ。自分は今まで、一体いくつの升目に文字をはめ込んでいったのだろう。きっと途方もない数であるはずなのに、まだ私はあきらめきれず、何かを書こうというのだろうか。

私は言葉を探してあちこちを両手で探る。ノートの束、ベビーベッド、暗闇、古いレコード、内臓、草むら、食料庫、歯茎の裏、アポロの毛布……。いつもならどんなに手間がかかっても、何かしら言葉の重みが掌に残る。けれど今は、カラカラと乾いた音がするだけで、掌は空っぽのままだ。

息子は最近覚えたばかりの寝返りに熱中している。ごろごろ転がってはアポロの尻尾《しっぽ》を踏み付けたり、お腹を蹴飛《けと》ばしたりしている。そのたびアポロは迷惑そうに薄目を開けて、鼻を鳴らす。

彼らもまた何も喋らない。ここは言葉のない、潔いほどに無防備な荒野だ。風が冷たすぎて、わずかな雑草さえ枯れかけている。息子のげっぷもアポロのくしゃみも風に飲み込まれ、またたく間に消えてしまう。

ふと見上げると、そこには壁が巡らされている。ごつごつとした不恰好《ぶかっこう》な石をどこまでも積み上げた、何ものも象徴していない、門ものぞき窓もない、ただの壁だ。風はそこにぶつかって渦を巻き、向こう側にまでは届かない。壁は静かにそびえ続ける。

ああ、かつて自分が書いた言葉たちじゃないかと、私はつぶやく。原稿用紙の升目に一つ一つ閉じ込めた言葉たちが、こうして積み上げられている。そして私は、自分が何かの間違いにより、その壁の外側へ落ちてしまったんだということに、ようやく気づく。

枯れた草がこすれ、足が切り傷だらけになる。私は息子とアポロを抱き寄せ、何としても壁をよじ登らなくてはと思う。

壁はよそよそしく、ひんやりとしている。わずかな窪《くぼ》みに爪先を突っ込み、やみくもに手を這《は》わせると、石のかけらがこぼれ落ちて髪に降り掛かる。それが目に入り、痛がって息子は泣き叫ぶ。私の身体はズルズルと、言葉のない世界に落ちてゆく。

言語療法室の待合室でアナスタシアに会った。彼女もそこで治療を受けているのかどうかは分からないが、とにかくいつものネグリジェ姿で、上にガウンもはおらず、手には刺繡の道具を抱えていた。

「あなたに渡そうと思って待ってたのよ」

彼女は裁縫箱の中から、退院の日に撮った写真を取り出した。息子がよだれを垂らしながら、カタツムリの殻にかぶりついていた。お礼を言う代わりに、私は胸の前で両手を合わせた。

私が喋れないことに、彼女は少しも気づいていなかった。あるいは、たいしたことじゃないと、最初から問題にしていなかったのかもしれない。いずれにしても、彼女はただ彼女であり続けるのだった。

「あなたに頂いた糸はとっても刺しやすいわ。滑りがよくて、ほら、色もこんなにきれいだし」

台ふきんか何かのようだった。Ａの字はほとんど完成し、まわりを囲む蔓《つる》バラに取り掛かったところだった。彼女の指は小枝のように干涸《ひから》び、針を刺そうとするたび小刻みに震えた。近くでみると刺繍の目は粗く、不揃《ふぞろ》いだった。

「こうして刺繍をしている間だけよ。楽しかった頃の思い出を、お母さまと語り合えるのは。どんなに綺麗《きれい》な人だったか、あなたも写真を見たでしょ？　もっとお母さまに似ればよかったのにって、何度も思ったものよ。だけど瞳《ひとみ》の色だけは別。お父さまと生き写しの深いブルーのおかげで、どれだけ大勢の人々が私の目に見入ったことか……」

彼女は自慢げではなかった。むしろ奥ゆかしいと言ってもいいほどだった。話はあちこちに飛び、まとまりに欠けていたが、首尾一貫はしていた。つまり、自分がアナスタシアであるという一点においては。

礼拝堂でのお祈りや、離宮内の公園で飼われていた動物や、宮廷医の子供たちと一緒にした遊びや、ペテルブルグ歌劇場での演奏会や、次々と話題に上るエピソードはどれも詳細で、生き生きとしていた。

私はせいぜい相づちを打つくらいで、質問や意見を差し挟むことはできないのに、彼女はよどみなく喋《しゃべ》り続けた。彼女の描写が並外れてドラマティックだったので、もしかしたらこの人は本当に、ロシア革命で惨殺されたロマノフ家唯一の生き残り、アナスタシア皇女かもしれないと思う一瞬が、何度かあった。そう思う自分が、不快でなかった。

言語療法士の質問を理解するのに労力を使い果たしてしまった後にもかかわらず、彼女の言葉は不思議とたやすく脳細胞にしみ込んできた。あまりにも自分とはかけ離れた話だったので、気が楽だったのかもしれない。スクリーンに映る、古い8ミリビデオを眺めているようなものだった。

話している間中、針は動き続けていた。衛兵たちにした悪戯《いたずら》の数々、姉タチアナと一緒に可愛がっていたキングチャールズ・スパニエル犬、自分で撮影した家族写真をアルバムに貼りつける楽しみ、宮廷内の病院で負傷兵を看護した奉仕活動……。私は贅沢《ぜいたく》な宮殿を思い浮かべ、宝石のきらめきにため息をつき、目の前の老女が愛らしい少女だった頃の姿を想像した。そうしながら時々、ベビーカーを揺すって息子をあやした。

やがて話は一九一八年七月の夜に起こった一家の銃殺事件、そこからの奇跡的な脱出、ヨーロッパ各地への逃避行と移り変わっていった。内容は辛《つら》いものだったが、彼女が感情を高ぶらせて言いよどむことはなかった。あくまでも奥ゆかしいままだった。

彼女の身体は言葉に包まれていた。唇から吐き出された言葉たちは、蔓バラの蔓のように絡まり合い、ずんずんと伸びてゆき、どんな小さなすき間さえ見逃さない執念深さでアナスタシアを取り囲んだ。それでもまだ信用ならないというふうに、決して彼女は口をつぐもうとしなかった。いまや台ふきんに針を突き刺す猫背のアナスタシアの姿は、蔓の茂みに半ば隠れようとしていた。

まるで、繭《まゆ》にくるまる蚕《かいこ》のようだった。あるいは、棺《ひつぎ》に横たわる遺体だった。いかなる者も、その厳重な覆いを破ることは許されなかった。

「アナスタシアとはどんな意味か、ご存じ？」

気づいた時、不意に話は途切れていた。私はたじろぎ、唾《つば》を飲み込んだ。

「蘇生《そせい》よ。蘇《よみがえ》ること。私にこれ以上ふさわしい名前があるかしら」

彼女はじっとこちらを見つめた。その瞳はどこまでも深い黒色だった。

私はシャーレの蓋《ふた》を外し、脱脂綿の奥に隠れた二つの袋を取り出した。すっかり縮こまって、腐ったドライフルーツのようになっていたが、黒ずんだ血の跡が、間違いなくそれらがかつて人間の身体の中に存在したことを証明していた。

息子とアポロはもうずっと前に眠りに落ちていた。彼らの寝息が二つ重なり合って聞こえた。

この中に溜《た》まっていたのは本当にただの水だったのだろうか。淡黄色の透明な光を思い出しながら、私は考える。もしかしたら自分は、言葉の湧き出る泉をなくしてしまったのかもしれない。

壁はずっと遠くまで続いている。一個一個私の手が積み上げていったはずなのに、今はその記憶をたどる糸口さえ見つけられない。身体の奥深く隠された小さな泉に手を浸し、言葉の結晶をすくい上げ、果てのない壁をめぐらそうとしたのは、間違いなく私なのだ。

光が壁の向こう側を照らしている。アナスタシアの言葉が聞こえてくる。

「蘇生よ。蘇ること」

どうしても私は、壁の内側へ戻らなければならない。身体を温めてくれる繭としての、死への導きを完結させてくれる棺としての壁を、取り返さなくてはならない。

私は二つの袋を飲み込んだ。それらは喉《のど》につかえながら、身体の奥に落ちていった。

自分が壁の内側に戻っていると気づいたのは、朝、ドッグフードにソーセージの輪切りを混ぜ、いつものように台所の床に置いた時だった。

「アポロ」

彼は耳をピクリとさせ、足元に走り寄ってきた。私は最初、声が自分の口から発せられたことに気づかず、喉に残る奇妙な感触を取り除こうとして何度か咳払《せきばら》いをした。それが食べてもいい合図なのかどうか迷ったアポロは、どうしていいか分からないというように、床にまで届く長いよだれを垂らしてクーンと鳴いた。

「さあ、いいのよ」

今度はもっと滑らかに声が出てきた。アポロは安心して、ドッグフードの山に顔を突っ込んだ。

私は背中の傷跡がどうなっているのか確かめようと、裸になった。けれどやはりそれは、視界からほんの少しずれた場所にあった。

変化の段階

川上弘美

「新刊が出たら必ず買う」という作家が、何人かいる。小川洋子という作家も、私にとってはそのうちの一人だ。信頼できる作家、と言えばいいだろうか。追いかけている作家、と言ってもいいかもしれない。ゆっくりと気儘《きまま》に追う作家が何人かいて、その作家たちの本をまだ読みつくしていない時、私は幸せである。

追いかけている作家の、「どの作品が一番好きですか」と聞かれることがある。これは、困る。作品は、ごくわずかずつであれ、劇的にであれ、変化してゆくものである。変化の、どの段階をも楽しみたいのだ。

本短篇《たんぺん》集の中の一篇、「キリコさんの失敗」を読みながら、つらつらそう考えた。お手伝いさんである「キリコ」さんと、少女である「私」の、不思議な交流を描いた物語である。珍しく、私は断言しようとしているのだ。小川洋子の短篇の中で今一番好きなのは「キリコさんの失敗」だ、と。

小川洋子はどちらかといえば「劇的な変化」を見せない作家である。どの時代の作品の中でも、「小川洋子的世界」は高次な心地よい安定感を保っている。「キリコさん」でも、その世界は保たれている。しかし、何かが違うのだ。何かが、微妙に。

失われたものたちの世界、と私は小川洋子の世界を呼んでいる。失われたもののなすべのない哀《かな》しみが、どの小説でも硬質な筆致で描かれている。しかし「キリコさん」の中には、まだ失われていない、そしてこれからも失われないものの存在が、ある。失われず、これからも在り続け、辺りを暖めてくれるもの。そんなものたちが、作品のここかしこにひそんでいる。

小川洋子は新しい面を見せてくれたのだろうか。いやいや、そんなことはない。それは元々小川作品の中にあったものなのだ。ただ、私には見えていなかった。読み手としての未熟さゆえに。そもそも一番好きなものを決めたがることも、未熟さの表れなのかもしれない。それを承知のうえで、しかし断言してみようではないか。短篇集なら本書、長篇なら『ホテル・アイリス』が小川作品の中の現時点での私のベストだ、と。

（二〇〇一年二月一八日付朝日新聞読書面より）

本書は、二〇〇〇年十二月に小社より
刊行された単行本を文庫化したものです。

偶然《ぐうぜん》の祝福《しゆくふく》

小川洋子《おがわようこ》

平成16年 1月25日　初版発行
令和7年 10月10日　38版発行

発行者●山下直久

発行●株式会社KADOKAWA
〒102-8177　東京都千代田区富士見2-13-3
電話　0570-002-301(ナビダイヤル)

角川文庫 13220

印刷所●株式会社KADOKAWA
製本所●株式会社KADOKAWA

表紙画●和田三造

ISBN978-4-04-341005-7　C0193

◆◇◇

角川文庫発刊に際して

角　川　源　義

第二次世界大戦の敗北は、軍事力の敗北であった以上に、私たちの若い文化力の敗退であった。私たちの文化が戦争に対して如何に無力であり、単なるあだ花に過ぎなかったかを、私たちは身を以て体験し痛感した。西洋近代文化の摂取にとって、明治以後八十年の歳月は決して短かすぎたとは言えない。にもかかわらず、近代文化の伝統を確立し、自由な批判と柔軟な良識に富む文化層として自らを形成することに私たちは失敗して来た。そしてこれは、各層への文化の普及滲透を任務とする出版人の責任でもあった。

一九四五年以来、私たちは再び振出しに戻り、第一歩から踏み出すことを余儀なくされた。これは大きな不幸ではあるが、反面、これまでの混沌・未熟・歪曲の中にあった我が国の文化に秩序と確たる基礎を齎らすためには絶好の機会でもある。角川書店は、このような祖国の文化的危機にあたり、微力をも顧みず再建の礎石たるべき抱負と決意とをもって出発したが、ここに創立以来の念願を果すべく角川文庫を発刊する。これまで刊行されたあらゆる全集叢書文庫類の長所と短所とを検討し、古今東西の不朽の典籍を、良心的編集のもとに、廉価に、そして書架にふさわしい美本として、多くのひとびとに提供しようとする。しかし私たちは徒らに百科全書的な知識のジレッタントを作ることを目的とせず、あくまで祖国の文化に秩序と再建への道を示し、この文庫を角川書店の栄ある事業として、今後永久に継続発展せしめ、学芸と教養との殿堂として大成せんことを期したい。多くの読書子の愛情ある忠言と支持とによって、この希望と抱負とを完遂せしめられんことを願う。

一九四九年五月三日

角川文庫ベストセラー

妖精が舞い下りる夜　小川洋子

人が生まれながらに持つ純粋な哀しみ、生きることそのものの哀しみを心の奥から引き出すことが小説の役割ではないだろうか。書きたいと強く願った少女は成長し作家となって、自らの原点を明らかにしていく。

アンネ・フランクの記憶　小川洋子

十代のはじめ『アンネの日記』に心ゆさぶられ、作家への道を志した小川洋子が、アンネの心の内側にふれ、極限におかれた人間の葛藤、尊厳、信頼、愛の形を浮き彫りにした感動のノンフィクション。

刺繡する少女　小川洋子

寄生虫図鑑を前に、捨てたドレスの中に、ホスピスの一室に、もう一人の私が立っている——。記憶の奥深くにささった小さな棘から始まる、震えるほどに美しい愛の物語。

夜明けの縁をさ迷う人々　小川洋子

静かで硬質な筆致のなかに、冴え冴えとした官能性やフェティシズム、そして深い喪失感がただよう——。小川洋子の粋がつまった粒ぞろいの佳品を収録する極上のナイン・ストーリーズ！

不時着する流星たち　小川洋子

世界のはしっこでそっと異彩を放つ人々をモチーフに、現実と虚構のあわいを、ほんのり哀しく、滑稽で愛おしい共感の目でとらえた豊穣な物語世界。バラエティ豊かな記憶、手触り、痕跡を結晶化した全10篇。

角川文庫ベストセラー

田辺聖子の小倉百人一首　田辺聖子

百首の歌に、百人の作者の人生。千年歌いつがれてきた魅力を、縦横無尽に綴る、楽しくて面白い小倉百人一首の入門書。王朝びとの風流、和歌をわかりやすく、軽妙にひもとく。

ジョゼと虎と魚たち　田辺聖子

車椅子がないと動けない人形のようなジョゼと、管理人の恒夫。どこかあやうく、不思議にエロティックな関係を描く表題作のほか、さまざまな愛と別れを描いた短篇八篇を収録した、珠玉の作品集。

人生は、だましだまし　田辺聖子

生きていくために必要な二つの言葉、「ほな」、と「そやね」。別れる時は「ほな」、相づちには、「そやね」といえば、万事うまくいくという。窮屈な現世でほどほどに楽しく幸福に暮らす方法を解き明かす生き方本。

残花亭日暦　田辺聖子

96歳の母、車椅子の夫と暮らす多忙な作家の生活日記。仕事と介護を両立させ、旅やお酒を楽しもうとあれこれ工夫する中で、最愛の夫ががんになった。看病、入院そして別れ。人生の悲喜が溢れ出す感動の書。

私の大阪八景　田辺聖子

ラジオ体操に行けば在郷軍人の小父ちゃんが号令をかけ、英語の授業は抹殺され先生はやめてしまった。押し寄せる不穏な空気、戦争のある日常。だが中原淳一の絵に憧れる女学生は、ただ生きることを楽しむ。

角川文庫ベストセラー

美女のトーキョー偏差値　林　真理子

メイクと自己愛、自暴自棄なお買物、トロフィー・ワイフ、求愛の力関係……「美女入門」から7年を経てますます磨きがかかる、マリコ、華麗なる東京セレブの日々。長く険しい美人道は続く。

RURIKO　林　真理子

昭和19年、4歳で満州の黒幕・甘粕正彦を魅了した信子。天性の美貌をもつ女性は、「浅丘ルリ子」として銀幕に華々しくデビュー。昭和30年代、裕次郎、旭、ひばりら大スターたちのめくるめく恋と青春物語！

みずうみの妻たち（上）　林　真理子

老舗和菓子店に嫁いだ朝子は、浮気に開き直る夫に望みを突きつけた。「フランス料理のレストランをやりたいの」。東京の建築家に店舗設計を依頼した朝子は、初めて会った男と共に、夫の愛人に遭遇してしまう。

みずうみの妻たち（下）　林　真理子

東京在住の建築家・大和田に、新しいレストランの設計を依頼した朝子。打ち合わせを重ね、小競り合いを繰り返すごとに惹かれてゆく二人。東京と地元とを行き来する朝子の前に、思わぬ障害が現れて――。

女の七つの大罪　林　真理子　小島慶子

嫉妬や欲望が渦巻く「女子」の世界の第一線を駆け抜けてきた林真理子と小島慶子。今なお輝き続ける二人の共通点は、〝七つの大罪〟を嗜んできたこと!?　輝く今を手に入れるための七つのレッスン開幕。